ほら。そのナイフを拾って。

友達を殺せた方が
お家に帰れるわよ?

あははは!

「やだ、やだ、やだぁぁぁぁあ」

「うわぁぁあんん……!」

……………外道かな。

反逆の勇者
～テンプレクソ異世界召喚と日本逆転送～ ②

著：川崎 悠
イラスト：橘 由宇

GCN文庫

Contents

Hero of the Rebellion

勇者の魂に救済はあるのか

プロローグ　～勇者のスキル～

俺こと篠原《しのはら》シンタが『勇者』なんて肩書きで異世界へと召喚されてから早九日目。

今、俺は王城を離れた街の宿へと泊まっている。

与えられたのは幸いにも個室だ。色々と捗《はかど》るのでありがたいね。ナニとは言わないけどさ。

勇者である俺には召喚された際に『スキル』なんて超常の力が与えられた。

俺が見る限りはファンタジーで魔法と剣でゲームな異世界……なのも相まって、割とすんなりとその事を受け入れられたと思う。

ただし俺のスキルは召喚されて即・無双！　……なんて真似が出来るシロモノじゃあなかった。

勇者が持つスキルは全部で『十個』のみ。

そして最初から使えるスキルは三つだけと来ている。

更に一つ目のスキルからして戦闘用ではない。

第1スキルの名前は【人物紹介】。

この段階で『何だそりゃ？』って感じではあるが、これはつまり鑑定系の能力の対象を『人物』に限定したスキルらしい。

日本から異世界へ来たんだから、あらゆるモノに対して鑑定能力ぐらいは使わせてくれと思うね。

だがこのスキルは異世界召喚の初手から活躍してくれた。

というのも俺を異世界へと召喚……拉致《らち》った王女様。

アリシアという名の、金髪に青い瞳を持つ、見た目はとても可愛《かわい》らしい美少女を、この第1スキル【人物紹介】で確認した時だ。

そこには様々な不穏なプロフィールが書かれていた。

……スキル曰《いわ》く、

◆アリシア＝フェルト＝クスラ
性別：女
年齢：17歳
プロフィール：

『クスラ王家の第二王女。亜人・獣人などの差別派。人族のみを人間と考えている人物。また、異世界人を同じ人間とは認めていない為《ため》、異世界人は亜人や獣人と同類の汚らわしい存在だと看做《みな》している。召喚した勇者の事は使い捨ての兵器と考えている。また加虐趣味を持ち合わせており、亜人・獣人・異世界人が苦しむ姿を好む。異世界人を不幸の底に陥れる事を不本意な異世界召喚の儀式の慰みにしようと考えている』

……なんだってさ。
王女は、とんでもないクソ悪女だった。
彼女は異世界人を内心では軽蔑し、挙句の果てには処刑までも考えているらしい。
『魔王討伐後の勇者は次期魔王の疑いアリとして処刑ですわ！』……みたいなノリだ。
ホントふざけてるよな。
当然そんな事を看過できない俺は日本へと帰る方法を模索《もさく》し始めた。
帰る手段のヒントは予《あらかじ》め得ている。
それが二つ目を飛ばして三つ目の力。
――第3スキル【異世界転送術】だ。
第3スキルは異世界から地球へと『人』を転送する事が出来るらしい。

加えて転送と帰還を繰り返す事で様々な効果を持った装備品を生み出す事が出来る。

アリシア王女で試してみたが指定済みのエロい装備もオッケーだった。ぐへへ。

この力を俺自身に使えれば話は早かったんだけどな。

だが第3スキルにはロックが掛けられていて俺自身に使う事が出来なかった。

ロックを掛けているのは他ならないアリシア王女。

どうやら召喚の際、勇者を制御する為にロックを組み込んでいたらしい。

そもそも十個分はあるらしい勇者のスキルが召喚の時点では三つだけだったのも王女のせいだった。

七つ分のスキルは王女によって使用制限を付けられていたのだ。

そんな初期解放三つのスキルの内、唯一戦闘に向いた力だったのが二つ目。

【即死魔法】を放つ魔王を倒す為の、勇者の力の象徴。

——それが第2スキル【完全カウンター】。

これは文字通りすべての攻撃・魔法を相手に返すカウンターの力だ。

つまり勇者である俺は【即死魔法】を放つ魔王の前まで向かい、放たれたその【即死魔法】をカウンターにて返す。

それで魔王討伐任務完了！　……って事らしい。

まぁ、このカウンターにも問題があるみたいなんだけどな！

初めに王城で過ごした数日間で【王女の心の鍵】という名前らしいスキルロックを偶然にも解く事が出来た。

その結果で得た四つ目のスキルは、これぞゲームな力。

第4スキル【レベリング】というものだった。

HPやMP、それから各種のパラメータはないがステータス画面だけはある……という謎な仕様の異世界で、そのステータスには【レベリング】で得られた技能がズラリと並んでいた。

これの表記は『剣術　LV．1』といった具合なのだがソート機能なんて便利なものはなく、めちゃくちゃ把握し辛《づら》い仕様となっている。

運営が居るなら呼び出したいもんだ。クレームはどこに付ければいいんだろうな。

また並べられたそれらの技能に対して俺がプロ級の腕を得られるワケではない。

第4スキル【レベリング】は、どちらかといえば『成長補助』が目的。

剣を振るえば地道に確実に腕が上がるが、そこに努力は不可欠。

その他の技能も同様で、頑張った分だけ確実な結果を得られるスキルではあるものの、この力を持っているからって無双は出来ないのが実情だった。

「ま、ここまでは序盤っていうか旅立った所だから、おいおいと成長していけばいいのがセオリー、テンプレなんだろうけど」

俺はベッドの上で自身のステータス画面を見ながらスキルの仕様を把握していく。

そこには王女に悪戯《いたずら》する事で新たに解放されたスキルが示されていた。

何故《なぜ》か5つ目を飛ばしての六番目のスキルの解放。

――第6スキル【因果応報の呪い】。

……それが。俺の得た新たなスキルだった。

1話　微睡《まどろ》みのアリシア

「おはようございます。王女様、騎士団長《きしだんちょう》」

「おう、おはよう」

「さっそくなのですが、今日はまずお二人に話したい事があるんです」

「あら。どうされましたの、勇者様？」

異世界召喚から九日目の朝。

目を覚ました俺は宿の一階の食堂らしき場所で、王女と騎士団長相手に朝の挨拶をしながら切り出した。

アリシア王女の反応は至って普通。

昨夜の夜這《よば》いに関しては夢とでも思っているんだろうか？

あの程度の効果だったら許されるんだな。

新しいスキルのデメリット的にやり過ぎはダメなんだろうけど。

昨夜の行為がありなら……ぐへへ。楽しみが増えますなぁ。

「実は今朝方《けさがた》、また新しいスキルを修得できましたのでお二人に報告致《いた》します」

「……ほう？」

「えっ。今朝ですの？」

「ええ。なぜか分かりませんが今朝ですね」

アリシア王女は少し焦った様子を見せ、ルイード騎士団長はそんな彼女へ視線を向ける。

内心の動揺をカバーしているが混乱しているみたいな王女。

ここは、こっちから理由を提示してやるか。

「昨日のように沢山の魔物を倒してから時間が経過する事が、新たなスキルの習得条件だったのかもしれません。これはアリシア様から聞いていた勇者の伝承通りですね！」

ニコッと勇者スマイル。

「え、ええ。そうですわね！　ふふふ」

魔物を倒せば良いっていう伝承を言い出したのは王女様でしょー？

何でそんなに動揺しているんですかねー？　ハハハ。

「アリシア様？」

「ふ、ふふ。気になさらなくて結構ですわ」

腹の底では『そんな筈《はず》はありませんわ！』とか疑念が渦巻いて狐《きつね》につままれたような気

分なんだろうな。やってやったぜ！

「で、新しいスキルはどんな力なんだ？　勇者様よ」

「はい。少し待ってください。再確認しますので」

　まず新しく得たスキルのおさらいだ。

◆第6スキル【因果応報の呪い】
◇効果1【人物紹介】への影響
『対象の、その世界・地域のルール、又は道徳・倫理的《りんりてき》に「清算されていない罪・悪行」を文章化し、詳細を羅列《られつ》し、視認可能にする効果を付与する』
◇効果2【完全カウンター】への影響
『攻撃ではない〝呪い〟に該当する現象もすべて反射する事が出来るようになる【呪い返し】の効果を付与する』
◇効果3【異世界転送術】への影響
『転送時の装備・持ち物・場所指定で設定できる項目について〝因果応報である〟というルールに基づいたものであれば、より強力な装備・持ち物に変更でき、また場所も指定できるようになる』

◇効果4　因果応報の呪い
『過去に対象が殺した死者の魂を呼び出し、その死者の魂の感情をエネルギーとして、対象にダメージ・苦痛・状態異常を与え続ける事が出来る呪い。死者の魂の感情を昇華した結果、その魂を浄化する事も可能』
◇効果5　デメリット
『効果3、4において因果応報であるという事態を超え、対象に負荷を掛け過ぎた場合、超過した分が呪いとしてスキル使用者に返される効果』

……である。
とりあえず俺はアリシア王女に対して第1スキル【人物紹介】を使ってみる。
それにより強化されたスキルの内容を確認する事にした。
たしかに【人物紹介】には新項目が追加されているようだ。

◆アリシア＝フェルト＝クスラ
悪行：
『異世界人を召喚術によって誘拐した』

……彼女の悪行は、ただそれだけだった。

意外と清廉潔白《せいれんけっぱく》だな、アリシア王女。被害者は俺だけか。

王城暮らしだったからかな。もっと色々とやってそうだったのだが。

あ、でも清算済みだったりすると悪行項目には載らないのか？

亜人・獣人が苦しむ姿とかどうやって好むようになったんだろうな。

どこかで見ただけだと別に王女の悪行には加算されないのか。

あと不幸計画を画策しているだけでは悪行にはならないらしい。

「勇者様？」

「いえ、ちょっと」

しかしデメリットのあるスキルだなんて、この二人に正確には教えたくないところだ。

「【即死魔法】を使ってくる魔王に対して実に有効な、継続的にダメージを与える事が可能なスキル……でしょうか」

「まぁ！　それは素晴らしいですわ！」

「ただ剣聖様に有効かは微妙なところですね。盗賊団相手にならら使えるスキルかもしれません」

俺は四つ目の効果についてだけ二人に話す事にした。今は他の仕様について秘密にしておくべきだろう。

「たしかに魔王討伐には有効なように聞こえますわね」

「盗賊退治にも使えそうではあるなぁ」

スキル効果を話すと二人は思案に耽《ふけ》りながら頷《うなず》く。

「はい。ですが剣聖様を倒せるかは微妙かと」

追加された悪行項目に表示されるのは清算されていない罪だ。

人の悪行なんて羅列しようとしたら際限はないだろうに、その罪を明らかにするスキルとは？　いや、考え方が逆か。

この情報は罪を裁く為《ため》だとか悪人を認定する為の情報ではない。

【因果応報の呪い】を俺自身が受けない為の許容値を示すステータスだ。

『ここまでならやって良いですよ』というセーフラインを示すパラメータ。

「攻撃手段の一つでしかねぇな」

「俺もそう思います。戦術幅は広がりましたが」

俺は盗賊団に対し、【異世界転送術】でこの世界から『消す』というやり方で対処しようと考えていた。

だがデメリットが付いたせいでそう単純には行かなくなったな。

転送によって誰かを死なせたら『やり過ぎ』判定で俺に死の呪いが返ってくるかもしれない。

まったく不便な勇者の力だこと。

新しいスキルについて報告を済ませた後、王女達の提案で出発準備の為の時間を作る事になった。

きっとまた俺に隠れて二人で密談をしたいのだろう。

そんな時は便利なコレ。

第3スキル【異世界転送術】でターゲットにした三人分を相手にならステータス画面を通した『監視』と『盗聴』が可能になる機能だ。

スキルの副産物というヤツだな。

ターゲットさえ居れば俺自身が日本に帰れずとも異世界から日本の様子を見る事だって出来る優れスキル《モノ》だ。

「実際のところの話をしたいんですが、王女様」

「ええ。ルイード騎士団長」

アリシア王女と騎士団長は、やはり俺を除け者《のけもの》にしての真の報告会を始めていた。

寂しいなぁ！　仲間外れだなんてヒドーイ！　と俺の中の女子同級生の心が訴えている。

タピオカを異世界で流通させて無双してやろうか！　タピオカ無双の異世界転移だ！

「よろしかったんで？　新しいスキルを解放して」

「……え、ええ。そうですわね。だって、あのままだったら盗賊団との戦いは無理ですし、剣聖との戦いだって無理ですわよね？」

ちょっと動揺しているアリシア王女。

今回もスキル解放は不本意だった筈だしな。

いや不本意なのか？　心とは一体。乙女心は複雑か？

「そりゃあねぇ。噂《うわさ》に聞く勇者様ならともかく彼は無理でしょうね」

「そうですわ。ですが勇者には力があると評判を立てなくては使えませんわ。力のある勇者であるのが政治には必要ですもの」

「ま、そうですがね」

やはり今の俺では剣聖の相手など無理な見立てか。第6スキルも使えるかは微妙。

微妙な上に勇者が呪いの力を放つってどうなんだ？

もっと華々しく勝利して王女の婚約者を名乗らないと『え、何あいつ、本当に勇者？』

って事になりそうだ。

どうしたものかな。闘技大会の間だけ剣聖を地球に転送して居なくなって貰《もら》うか。

絶対に納得しないよなぁ、剣聖様。しかも俺には呪いが返ってきそう。

「じゃあ明日からこのまま街を移動して盗賊団の拠点近くの街まで行きましょうか」

「そうしますわ」

「それで勇者の懐柔策は王女にお任せしてよろしいんで？」

「ええ！　この件についてはワタクシを信頼してくれて良いですわ」

「そうですか」

あれ。なんかアリシア王女の勇者不幸計画から騎士団長がハブられ始めている？

性欲が高まってしまい、どうしようもなく発情して勇者と関係を持ち始めました、なんて言えないせいか。

とすると表向き、王女は騎士団長にも関係を黙って過ごすのか？

……王女と騎士団長の連携が崩せるのなら、どちらかを俺の味方に出来たりしないだろうか。

俺はルイード騎士団長のプロフィールを新たな付与効果付きの第1スキル【人物紹介】で見直してみた。

◆ルイード＝クラナス
性別：男
年齢：42歳
プロフィール：
『王侯騎士団《おうこうきしだん》の騎士団長。人族主義《ひとぞくしゅぎ》の人間。王女と結託している。勇者の言動を監視し、いざという時は勇者を仕留める役を王女から託されている』
悪行：

「おお？」

騎士団長には悪行項目がなかった。

あくまで『いざという時』に勇者を仕留めるつもりがあるだけだからか。

【因果応報の呪い】のデメリットのせいで、これでは騎士団長に転送術で手が出せないぞ。残酷な計画を立てていたところで、それらが『実際に行われる』までは先んじて手は打てない。

こちらが先に手を出してしまった場合、名実共に『勇者が暴走した。やはり奴《やつ》は魔王！』フラグが立ってしまう。

まったく。新しくスキルが解放されたっていうのに、これでは強化されたのか弱体化したのか分からないな。

「……ふぅ」

俺は落ち着き始めた2人の密談から目を逸《そ》らし、少し休む事にした。

「……俺の目的は日本へ帰る事だ」

その為には【王女の心の鍵】とやらを解放させなければならない。

今、表向きは王女との関係を良好に保とうと動き始めている。

それが『正統派勇者になるぞ計画』だ。

解放スキルは現在五つ。

「第3スキル【異世界転送術】を使用。ターゲットは俺自身」

――【使用制限】

――現在、対象人物は異世界転送に対するロックが掛かっています。ロックを外してからご使用ください。

「まだ無理だよな」

俺が日本に帰る為には、このスキルロック【王女の心の鍵】を外さなければならない。

鍵となるのは当然アリシア王女。

このまま王女に利益をもたらして彼女に従順に従い、スキルロック解除の必要性を訴えるのが正攻法の表向きアプローチ。

だが彼女の性格から考えて転送術へのロックだけは絶対に解放してくれない可能性はある。

「勇者に帰られたら魔王討伐どころじゃないだろうしな」

だから裏向きのアプローチこそが重要で本命となってくる。

成功例は王女に見せた『屈辱的な夢』と『肉体的な絶頂』だった。

「じゃあ、また今夜も頑張らないとな！」

うん。これは勇者の頑張りなのである。

別にやましい気持ちとかじゃないヨ？

二人と合流してから、改めて出発する俺達勇者一行。

現地までは数日掛かるらしく昨日の宿のあった街からは離れ、また別の街の宿へと移動する事になった。

馬車での移動がメインだったが道中では魔物狩りもさせられた。

【レベリング】強化の為なんだろうが、これもギルドの仕事じゃないんですかねぇ。剣聖様が怒るぞ。

「今日も疲れましたね」

「そうですわね。よく頑張ってくださいましたわ、勇者様！　ふふふ」

「ははは」

また腹黒く笑い合う俺と王女様。まったくお似合いカップルだぜ、俺達は。

労《ねぎら》うだけじゃなくて報酬としてスキルを解放してくれません？

「また一晩ここで泊まって明日に出発だ」

「了解ッス、騎士団長」

だんだん慣れてきたぞ、俺。

何はともあれ今夜のアリシア調教プランだ。

昨日に続いてトントン拍子に行きたいところ。目指せ、フルスキル解放勇者！

今回は初めの成功例を参考にしてのプレイだ。

初めの夢は明晰夢のようなもので、彼女は勇者に犯される夢を見た挙句に性的に興奮してしまった筈。

その時にアリシア王女はショックを受けただろう。

つまり王女に『ショックを与える事』が重要なのではないか。

◆【異世界転送術】
【ターゲット】アリシア＝フェルト＝クスラ
【装備指定】
◇今、身に着けている衣服。
◇『恐怖の目隠し』
1、目を覚ますか他人が部屋に入ってくると消える。
2、対象に『魔物に襲われる恐怖に苛《さいな》まれる悪夢』を見せる効果。
ただし永続ではなく目覚める時間に合わせて夢を見せる。
3、目覚めるまでは見ている光景が夢だと対象に認識できない効果。
4、緊急事態以外に目覚めない眠りを6～8時間続ける代わりに対象の体力を回復し切る効果。
5、目覚める間際に夢の中で『恐怖の最高潮』を迎えて失禁する夢を見せる。
6、恐怖し、失禁した段階で、対象を起こす効果。
7、ランクA
◇『恥辱の管』

1、目覚めるまで対象の尿道にゆっくりと挿入されながら性的な刺激を与え続ける魔道具。
2、対象を傷つける事は出来ない。
3、【恐怖の目隠し】による夢にて『恐怖の最高潮』を迎えて失禁するまで対象が失禁する事を防ぐが、夢の中で失禁したタイミングで対象に失禁させる効果。
4、対象に認識されない効果。
5、対象に失禁させ切った後に消える効果。
6、また前述の条件を満たさなくても対象が目覚めて30分経過すると消える効果。
7、ランクC

……今回はこんな感じで責めよう。
恐怖と『おねしょ』のショック。ついでに性的な開発だ。
なにせ付き合ってますからね、俺とアリシア王女！
今後も見据えてのプレイ内容ですよ、ぐへへ。
王女が寝静まるタイミングを見計らい……。
——第3スキル【異世界転送術】発動！

「んっ……」

転送術の監視機能に映し出される王女の姿。

俺は映像を拡大して彼女の股間付近を覗《のぞ》き込む。

おお。彼女の股間で何かが蠢《うごめ》いている。

下着の中に挿入するモノを仕込んでいる王女様の姿だ。とてもエロい。

「んっ、ぐっ……」

今回は強制絶頂させずに単なる性的刺激の繰り返しを行う。

アリシアは意外と貞操観念が強いので、ゆっくり開発していかないとな。

「んっ、……くっ……んっ……!?」

最後の瞬間まで失禁はしないように制限されている。

その部分を刺激されながら漏らせないことも責めになっているかも。

「ん、ふぅ……んっ……」

性的刺激のターンなので恐怖を感じてはいない様子のアリシア。

今はただ身体を捩《よじ》って身悶《みもだ》えている。

「はぁ……んっ、んっ……!」

だが、どんな刺激を受けても目覚める事は出来ない。

王女は陰核と尿道を性的に刺激され続けるしか出来なかった。

「んっ、んっ、んっ……」

刺激を受けて、だんだんと足を開いてくる王女様。

快感に耐えられず自然にその形になって。

「はぁ、やっ、ぁ、ぁ、あっ！」

その内にビクンとアリシア王女は身体を仰《の》け反《ぞ》らせた。

「あっ、はぁ。ぁあ、ぁああ……んっ、んんっ！　……はぁん……」

そして淫らに腰をくねらせてしまう王女。

無意識にあげる喘《あえ》ぎ声もどんどん興が乗ってきていた。

そのまま淫らな責めを受け続けて眠れば、目覚めた時に彼女がどうなっているか。

「はぁ、はぁ、あんっ、んんっ、あん」

腰を躍らせてしまうアリシアは気持ちいいのだろう。

頬は赤く染まり、汗をかいていて。

見ていて飽きない光景だった。

「うん。おやすみ、アリシア」

気持ち良くなり続ける王女の寝姿を見ながら俺も眠る。そして。

「きゃ……ぁああ、あっ!?」

翌朝、俺は王女の声で目を覚ました。

「え、あっ……やっ……!?」

おお。今、一番良いところだった。

混乱したままの王女が布団の上に失禁してしまう姿。

「いやっ、やっ、やだっ……!!」

しかし彼女には排尿を止める術《すべ》がなかった。

「……ああ、ぁあ……いやぁ……」

流石《さすが》のアリシアも失禁のショックを受けている。それも自ら止める事が出来ない無力感に打ちひしがれながら。

お漏らししてしまう高貴な女性の姿。うん。とてもそそる。

「んんっ！　やっん！」

更にアリシアは色々な刺激のせいで絶頂の反応を示して身体を反らせた。

性的な刺激が一晩も続けられていたからだ。

失禁と共に絶頂。アリシア王女に変態的な興奮が刻まれた瞬間だった。

「はぁ……はぁ……はぁ……」

借りた宿で王女は失禁して途方に暮れる。
侍女を連れてきているワケでもない。
先程まで恐怖に苛まれてもいた。
「……最悪……よ……」
アリシア王女は一筋、涙を……それでも零《こぼ》さない。
ちょっと涙目になっているが歯を食いしばって落涙に耐えていた。
顔には屈辱と羞恥心。情けなさに耐え忍びながら……恥辱の表情。
「くっぅぅ」
だが、ここまでやっても新たなスキルのロックは解除されない。
反骨精神だけは誰にも負けなそうな根性の女、アリシア。
ショック療法以外に刺激を混ぜすぎたかな。
これじゃあ王女の身体の開発を進めただけになってしまったぞ。てへ！

2話　ギルド受付テンプレイベント

おねしょしてしまった王女様の気持ちが落ち着いたのを見計らって、俺は彼女の部屋を訪ねた。

なにせ俺は王女様と恋仲なのだ。

恋人が困っている時には駆けつけねばなるまい。これは彼氏としての務めだ。

困っている王女をフォローしてあげて好感度アップ作戦。

そして人はそれをマッチポンプという。

いや、でも異世界に召喚しておいて衣食住を充実してあげるから感謝してよね！　みたいな態度も似たようなもんだろう。きっとそうだ。

「くっ……。勇者様、こ、これは……」

「慣れない旅や魔物との戦いで怖い思いをされたのですね。アリシア様、お気になさらないでください。これは仕方ない事ですから」

「くっ……！」

顔を真っ赤に染め上げるおねしょ王女。

後始末でアリシア王女の好感度が上がったかは不明だ。

どちらかと言えば、より恨まれたような気がしなくもない。

「……拭きましょうか？」

「け、けっこうですわ……！」

お、今のはちょっと素っぽい態度だな。

王女への精神的な揺さぶりとしては効いたんじゃないか？

そんなおねしょイベントの消化と魔物狩りをこなしつつ街を移動する俺達。

王国領土はどこまで広がっているのだろう？

魔王のいる魔国は遠いのかな。

……行きたくないなぁ、その前に日本に帰りたいものだ。

【即死魔法】の魔王となんて戦って死にたくないしな。

「異世界の街、か」

馬車での移動はそろそろ目立つんじゃないだろうか？

商人の馬車を襲うような盗賊団が近くに居るんだよな。

「王女様は、このような旅を続けていても良いのですか？」

「ええ。今、勇者様に関する事以上に重要な仕事はありませんわ」

ソフィア王女とやらが獣国の王子と婚約し、この国は動こうとしている。

主義主張からアリシア王女も重宝されてはいるみたいだが、それほど彼女の立場が王国で良いとは思えない。

獣国の王子と婚約し、和平を結ぶ第一王女ソフィア。

勇者を召喚し、共に魔王を倒しに旅に出る第二王女アリシア。

この旅は彼女にとって民の支持集めに過ぎないのかな。

「この先の街に泊まります。冒険者ギルドへ向かい、改めて今ある情報と合わせて現況を整理しましょう」

「ええ、よろしいですわ。そうしましょう」

「盗賊団はまだ近隣に居るんですかね？　魔石の運搬商人が襲われてから、そこそこ日数が経過しているのでは？」

貴族の女魔術師が盗まれた魔石を取り戻すのが第一の目的。

それで有能な魔術師を仲間にする予定だ。

手遅れで土産なしでは意味がないだろう。

「その確認の為《ため》にもギルドに行くんだよ、勇者様」

「なるほど」

　そこら辺の段取りは任せるしかないか。

「勇者や王女、騎士団長《きしだんちょう》という立場は隠すのですか？」

「そうですわね」

　俺の格好は革鎧《かわよろい》に安そうなマント。冒険者か戦士風の姿。

　アリシア王女はローブを羽織って、顔を隠した魔術師。杖《つえ》を手にしている。

　騎士団長は王侯騎士団《おうこうきしだん》を示す物だけを取っ払った鎧姿だ。

　見た目的にチームのリーダーは騎士団長に見えるだろう。

「しかし勇者の評判を上げたいのでは？　これでは勇者と思われないかと」

「事を成功させてからでも、勇者と名乗るのは遅くありませんわ」

　で、盗賊退治に失敗したら？

『え？　勇者とか聞いてませんわよ？　人違いじゃないかしら？』と言い逃れするのかな。

　単独での功績作りに成功した場合のみ、『あれこそが勇者様なのですわ！』と広告を打てばいいと。

「ほう」

「何か問題がありそうですの？」

「いいえ、何もありませんよ、アリシア王女」

ちなみに俺個人に対する失敗保障はない。

元々は騎士団総出でカチコミを掛ける予定だったしな。

ここで悪いのは王女というよりも面倒くさいことを言ってきた剣聖だろう。


今回は正面から堂々と冒険者ギルドへ入っていく。

王都で見たギルドより数段劣るように見える建物だ。冒険者ギルド支店だな。

ちなみに既に俺はギルドカードを所有しており、登録の手続きなんかはしない。

話を聞いたところ冒険者にはランクが割り振られているらしい。

ランクは最低がFランク。そこからAまで上がっていき、その上にS。

更にSSとSSSまで完備だ。このランク制度って過去の勇者の影響かな？


異世界転移した俺のランクFからの無双が始まるぜ！

そう思いながらギルドカードを観たら既に俺のランクは『A』扱いだった。

「……なんだかなぁ」

コネでこういうランクを高くするのって、実力不相応な死亡フラグで嫌なんだが仕方ない。

ギルドの壁にはいくつもの紙が貼り出されていた。

定番の依頼書というヤツだろう。

貼り出されている依頼書を端から見ていく。

目当ての盗賊団狩りは出てるのかな。いくらぐらい報酬が出るものなんだろう。

「ほら、勇し……シノハラ。これだ」

騎士団長が、一つの依頼書を壁から剥《は》ぎ取って俺に手渡してきた。

「ありがとうございます。なになに……」

【ゴーディー盗賊団の討伐】

受注資格：ランクB以上のパーティー、またはランクA以上の個人冒険者。

依頼内容：『盗賊団の壊滅、又は盗難品の奪取』

……何ともシンプルな依頼内容だ。詳細は載っていないのか？

ゴーディーとは盗賊の頭《かしら》の名前か何かか？

「シノハラが受けてシノハラが依頼をこなすんだ。一人でやるんだぜ？」

「サポートは？」

「……サポート、ねえ。シノハラはどういうサポートをお望みだ？」

「どういう、とは」

「ワタクシ達が出来る事はするつもりですが、勇者様には何かお考えがありますの？」

考えと言われてもな。今回の事件はスルーとか？

「騎士団としてのサポートは厳しくなった。変に剣聖と敵対したくないんでね」

「はい。そのようですね」

「勇者様は自らこの件を解決できると申し出られましたわ。どうなのでしょう？　今の勇者様の実力とスキルでもそのお考えは変わりありませんか」

たしかに言い出したのは俺だったな。

かなり不安はあるが、やりようはあると思う。

「新しいスキルを覚えましたし、【レベリング】の方も順調。任せていただいても良いかと思います。お二人は宿で待っていますか？」

「そうだな……」

「盗賊団の拠点は街からは離れていますの？」

「剣聖から渡された資料によると、そう遠くない場所に陣取ってる筈《はず》ですねぇ」

「……街から離れていないのならば、そうですわね。ワタクシ達は街で待機ですわね」

王女としては俺から離れすぎるとヤバいと思っている筈だからな。

それは王女に思い込ませている『ルール』の影響で。

「ちなみに場所まで分かっていて騎士団がこの盗賊団を討伐しなかった理由はあるんですか」

「そりゃ……遠いからだろう」

遠いから。ただそれだけ？

そう言えば被害者の貴族も『遠いからちょっと』みたいな態度なんだっけ？

盗賊団という言葉からして複数人数なのは間違いない。

それらを安全に制圧する為には制圧側も人数が必要だ。

しかし人数を集めて討伐に向かうには立地が悪過ぎる。

そこまでの労力を払って討伐しなくちゃいけない相手なのかも疑問。

王都からの遠征なんて、あまりに釣り合わない……という事情か。

「分かりました。それでは依頼を受けて参ります」

まずは手続きか。受付カウンターに向かい、依頼を受ける事にする。

王女と騎士団長は離れた席に座って待つようだ。

「すみません。この依頼を受けたいのですが」

「はい。こちらでお受けします」

ギルド職員の対応は思ったよりも丁寧だった。

冒険者ギルドで初めてのクエスト受注なんて、ちょっとワクワクしている。

あと、こういう時って嫌な奴に絡まれるのが定番だよなー、と。

そんな事を思ったタイミングだった。

「冒険者になりに来たんだ。手続きをしろ」

……横の受付からそんな横柄な台詞《せりふ》が聞こえた。

「冒険者登録ですね。かしこまりました」

「さっさとしろ！」

何だ？　店員さんに横柄な態度を取るヤンキー系お兄ちゃんか？

俺は顔を上げて隣に視線を向ける。

ついでに第1スキル【人物紹介】スキルを発動！　流れるように個人情報を奪取だ！

◆ヘンリー・ダルカス
性別：男
年齢：23歳
プロフィール：

『ダルカス家の貴族の出だが横柄な態度で家族や周りから嫌われ、また能力もなかった為に家を追放されたダルカス家の三男。プライドが高く誰にでも横柄。

冒険者としてしか生活の活路を見出せないが、自身がこの道で大成することは当然と思い込んでいる。

自らを見下した父親や二人の兄を見返す為に、Aランク以上の冒険者になる事を目的にしている。

周囲の人間すべてが自身の役に立つように動くのは当然と考える人物。

平民は貴族の為に生かされているものと考えている為、真っ先に利用する存在と看做《みな》す』

悪行・・

『ダルカス家で雇われていた侍女を複数人、家名で脅迫しながら言う事を聞かせ、手篭《てご》めにした』

『家を追放される際、家宝である短剣を盗み出し、所持している』

……あかん人だった。

絶対に関わってはいけないタイプの奴だ。

助けて王女様！　悪い人が居ます！　王族の権力でぜひ裁きを！

ちなみに王女様に悪戯《いたずら》している俺も同罪かもしれませんが俺だけはお許しを！

「おら、どけよ！　いつまで喚《わめ》いてんだ!?」

「何だ、貴様！」

俺がドン引きしているとヘンリーという青年に絡む男が現れた。

なんか冒険者ギルドの受付テンプレイベントが真横で発生している！

俺はそそくさと依頼を受けてから、すぐに場を離れた。

あんな人達に絡まれても困るし。

なんとなく後から来た男性にも【人物紹介】を発動してみた。

受付に絡むような横暴を許せない正義の人だったら、盗賊退治に力を貸して貰《もら》えるかもしれないし。

◆ザークィー・ドッド
性別：男
年齢：34歳
プロフィール：

『ゴーディー盗賊団の下っ端《したっぱ》。冒険者ギルドを訪れる貴族崩れ等の事情を持つ人間を監視して調べ上げ、脅迫のネタを作って金稼ぎの道具にしている。獲物と定めた人間の盗賊団への引渡しや、襲いやすい場所への誘導の役目を負う。冒険者側として盗賊に情報を流している』

悪行：

『多人数への脅迫、搾取』

『追い剥ぎの為に殺した死体からの金品の強奪』

ぶっ！　正義どころじゃねぇ！　本命の奴だった！

急に治安が悪くなったぞ、おい。

魔王様、もっと人心を一つにまとめる為に仕事してください！

「勇者様？　何か問題が起こりましたの？」

目を付けられないように場を離れ、王女達の元へ戻る俺。

「実は【人物紹介】スキルに盗賊団の一人が引っ掛かりまして」

「えっ!?」

「ほう？　どいつです？」

「あちらで騒いでいる柄の悪い方の冒険者です」

王女達は受付の騒ぎへと目を向けた。

「ほう、あいつか」

「騎士団長が力で拘束し、王女様の権力で尋問する、というのは？」

「……出来なくはないけどな。しかし勇者様がやるべき仕事の筈じゃないか」

「ですよねー」

お手並み拝見ってか。

「とても素晴らしいですわ、勇者様。勇者様のお力であれば、市井《しせい》に紛れ込む犯罪者をたちどころに見破ってしまいますのね」

「いやぁ、これもアリシア王女に与えていただいた力です。貴方《あなた》のお陰ですよ」

「まぁ、ふふ」

「あはは」

なんて腹の探り合い・笑い合いはさておき。

転送術のターゲットを先程の盗賊ザークィー氏にしておこう。

剣聖もターゲットにしていたが外すか微妙だな。

現在の【異世界転送術】のターゲットは三人分フルで使っている。

アリシア王女、剣聖、盗賊ザークィーだ。

剣聖はもうターゲットから外しておくか。空き枠は、もしもの時の為に必要だしな。

近くに居る王女を外すべき？

いや、差し当たって剣聖を監視する意味があまりにもないし。

剣聖対策はもう少し先の話だろう。

その時に改めて彼に会ってターゲットにすればいい。

それよりも今は盗賊退治の仕事をこなしつつもアリシアの調教を行い、随時新しいスキルの獲得を目指していくべきだ。

うん。けしてエロ目的ではアリマセンヨ。

「盗賊団の壊滅が目的ゆえ、まずは彼を尾行して盗賊団の全容を掴《つか》みたく思うのですが」

「そうかい。じゃあ俺は王女様を泊まらせる宿を取る事にする」

騎士団長は調査を手伝ってくれないのかなー、なんて。

まぁ彼が居ない方がやりようはあるけど。

王女を巻き込むまいとしてか騎士団長は彼女を連れて早々にギルドを立ち去る。

だから俺は異世界の冒険者ギルドに一人残される事になった。

ということは、だ。

「さて」

王城での侮蔑するような視線のない、ギルドの中。

騎士団長は離れ、傍《そば》には王女も居ない。

「自由……だぁー！」

俺は受付での騒ぎと当面の目標をひとまず忘れて伸びをした。

いや、まったく自由じゃないけどさ。

表向きの監視からは逃れた事で、俺は束の間の解放感を満喫するのだった。

3話　王女からの追加ミッション

ＲＰＧにおける情報収集の基本は街の人々への聞き込み調査だ。

俺の場合は、そこらに居る人々への第１スキル【人物紹介】の使用となる。

既に一人の盗賊団員がギルドに出入りしていたのだから他に居てもおかしくないだろう。

「やれやれ、いつものギルドでの騒ぎとはいえ、やってらんねぇなぁ」

辺りの様子を窺《うかが》っていると、俺に話し掛けてくる冒険者が現れた。

さらに、ごく自然に相席をしてくる。文化的な違いか？　なんかヤダな。

とはいえ、せっかくなので話を振る。

「ああいうのって、いつもやっているんですか？」

「おうよ。日常ってヤツだな」

「へー」

すかさず第１スキル【人物紹介】を発動。

かなり年上っぽくガタイの良い彼のプロフィールを見させて貰《もら》う。

◆ダズリー
性別：男
年齢：39歳
プロフィール：
『ゴーディー盗賊団の下っ端《したっぱ》。ザークィーと共にギルドに訪れるカモを探している。ザークィーが注目を集めている際に、獲物と見定めた相手に近付き、信用を得ようとする。盗賊団の頭《かしら》の娘ユーリを狙っている』
悪行：
『信用してきた人間への金品の盗難』
『追《お》い剥《は》ぎの為《ため》に殺した死体からの金品の強奪』

……って、お前もかい！
ゆうしゃの前に二人目の盗賊があらわれた！　バトルバトル！
他に居ないだろうな？　とギルド内の人間を見ていく。
良かった。盗賊団員は彼ら二人だけのようだ。

囲まれているワケではないらしい。

「どうした？」

「いえ、なんとなく」

このプロフィールの上で俺に話し掛けてくるってカモと思われてる？

何でだよ。金持ってそうに見えるか、俺？

「あんた、ツレに置いてかれたみてぇだけどよ。なんか喧嘩《けんか》でもしちまったのかい？　ギルドの依頼も一人で受けてたみてぇだし」

「いえ、彼らとは別行動をしているだけです」

「へぇ？　しかしツレの女、あれは貴族か何かだろ？　あんたも良いとこの坊ちゃんか？」

おっと。アリシア王女の気品がこんなところで影響を？

彼は王女狙いで近付いてきたのか。

まったく王女様ったらー……困るな！

いや、流石《さすが》は俺の恋人というべきか。

「ご想像にお任せします」

「へへ！　あんたも育ちが良さそうだからなぁ、分かるぜぇ？」

俺って育ち良さそうなのか？

中世系異世界と日本じゃ治安の問題でそう見えたりするか。

身に着けている衣類も王城が用意したものだし、質が良かったりするのかも。

「それで何か自分に用があったりします？」

「いや？　貴族さんがやってきて、一人だけでクエスト受けて、仲間が出てったからよ。何かあったのかとな。それから」

盗賊ダズリーは俺が手に持っていたモノに目を移した。

手にしていたのは【ゴーディー盗賊団の討伐】依頼の受注証明。

モノとしては装飾された鉄の棒だ。

依頼を受けた際にギルドの受付で手渡された。

ちなみに、この鉄の棒はドッグタグの役割も果たすらしい。

依頼の途中で死んだ冒険者の身元確認の道具だな。

ギルドカードも同様の意味があると言っていた。

「その色の受注証明は魔物狩りじゃなくて対象が人の依頼の時に渡されるもんだ」

「へぇ」

色によっても意味があるのか。今、俺が持っているのは黄色の鉄棒だ。

「仲間が居なくなったんならよ。アレだろ？　あんたに人手が必要かと思ってよ。俺が一緒にパーティーを組んでやろうか？」

「……なるほど？」

三人パーティーでギルドに入ってきたのに仲間の二人に置いていかれ、一人寂しく依頼を受ける男。

その姿はとても仲間を欲しているように見えた、と。

プロフィールさえ見ていなければ、ありがたくて涙が出るな。

「悪《わり》ぃ話じゃねぇと思うけどなぁ！」

あんたが盗賊団じゃなければな！

受注証明にも目を付けてくる辺り、盗賊団狩りをしようとする冒険者を逆に罠に嵌《は》めてたのか？

ギルドにバレないものかな。

騎士団の目から逃れやすい場所を拠点にしているらしいし、したたかな一味なのかも。

「おいおい！　こいつ、話になんねぇぜ！」

「何だと！　絡んできたのは貴様の方だろうが！」

異世界テンプレ受付口論バトルを繰り広げていたヘンリーくんとザークィーちゃんが、

何故《なぜ》かこちらに火種を投げてくるような仕草をしている。

なにせ盗賊ダズリーが相棒だもんな、ザークィーちゃんは。

あれ、これ、俺も巻き込まれるんじゃゃね？

「俺、ああいう人達って苦手なんですよね」

だから、ここは帰らせていただこうかなーなんて。

「あんな光景、ギルドじゃ日常だぜ？　あんた駆け出しなんだろ。へへ、ああいうのも慣れておくべきだと思うぜぇ？」

「いや、マジ無理なんで。ああいうの見たら、温厚なウチの妹だってキレますよ」

妹が温厚かはさておき。日本で元気にしているか我が妹ありすよ。

「お？　妹さんが居るのかい？　あんた、この街の出身じゃねぇだろ？　出稼ぎか何かか？　それとも宿かなんかに妹は泊めてきてんのかい？」

「……違いますが」

何、妹の話題に喰《く》いついてんだ、こいつは。

「うん？　違うってのはどういうことだ？　妹さんは貴族の家で、まだぬくぬく暮らしてるガキんちょか？」

「親元で暮らしてはいますが俺と一つしか違わないので幼くはありませんね。ま、遠くで暮らしているので、この街からどうこうって事は不可能な距離に居ます」

「なんでぇ」

なんでぇ、じゃねぇよ。

お前のその顔、あわよくばウチの妹にも手を出す事を考えてただろ！

お兄ちゃんは赦《ゆる》さねぇぞ、コラァ！

「なぁ！　そこのあんたも僕の味方をしてくれるよなっ！」

「はい？」

あ、ヘンリーくんが俺に助けを求めてきた。

完全に盗賊ザークィーに誘導されていただろ、今の。

術中に嵌っているぞ、キミ。

「後から来たくせにしつこく絡んできて偉そうに僕に講釈を垂れて先輩面！　別に強くもなさそうな魔物を狩っただけなのを自慢気にしている低ランク冒険者！　僕に絡む前にもっと向上心を持ってランクを上げる努力をしたらどうなんだ!?」

「ぁあん!?　てめぇの態度が気に食わねぇからだろうがよ！」

怖いなー、他所《よそ》でやってくれないかなー。

ボク、喧嘩の仲裁とか無理なんでー。

「やれやれだぜ。あそこまでバチバチやり合っちまったら、そう簡単に収まらねぇだろうなぁ」

「はぁ。まさか決闘か何かで収めるんですか？」

「そうだなぁ。そいつが冒険者の流儀ってヤツよ」

「ほう」

やっぱステゴロ解決なのか、冒険者の諍《いさか》いは。

「ただ、あの兄ちゃんだって駆け出しもいいとこなんだろ？　直接対決ってのはよろしくねぇよなぁ」

で、お前らはグルなんだから、何らかの方向に誘導したいんだろ？

「そうですか」

ついでに俺も巻き込んでな。

……ここはあえて乗っておこうか？

どの道、俺の目的もこいつらだし。

「決闘するにしても実力差があると思うなら、せめて平等なルールを敷くべきではないですか？」

と、マイルドな方向には誘導しておく。

「はっ！　そんなもんいるのかい？　この兄ちゃんが大人しく頭を下げりゃあいい話だろうがよ！」

「なぜ僕がそんな事をしなければならないんだ！」

ヘンリーくんは、おこである。散々挑発されていたからな。

しかし店員さんことギルド職員に横柄な態度をとっていたのはいただけない。

正直、どちらの味方にもなりたくない。

「ああ、そこまで食い下がるんなら俺も黙ってられねぇ！　おい、表に出ろよ！」

「おいおい！　直接の喧嘩は止《や》めておけよな！　そりゃあよくねぇよ！　ギルドも何の得にもならねぇしよ！」

盗賊ザークィーの剣呑《けんのん》な態度に、迫真の演技で返す盗賊ダズリー。

茶番だな。どういう落とし所を望んでいるんだ、彼らは。

「それよりよぉ。ここは冒険者らしく魔物狩り勝負ってのはどうだい？」

「はぁ？」

「ふむ？」

魔物狩り勝負とな。

「そいつぁ良いアイデアだぜ！　兄ちゃんも冒険者になったってんだから冒険者として力を示してこそ偉そうにすべきだよなぁ!?　どこの家の出だか知らねぇけどよ！」

「チッ！　何故そんな事……」

まったくだ。何故そんな事をしなければならないのか。

ここはヘンリーくんに清き一票だな。

「おいおい、怖ぇのかよ！　魔物を狩ってこそ冒険者だぜ!?　ここで怖気《おじけ》づくような奴ぁ、ハッ！　一生、Ｆランクの雑魚に違《ちげ》ぇねぇな！　ギャハハハ！」

「なっ……！」

魔物狩りねぇ。それで彼らに何のメリットがあるんだ？

あ、襲撃《しゅうげき》しやすい場所へのおびき寄せか。

「良いだろう！　ここまで言われて黙っていられるほど僕は優しくないからな！」

「面白ぇ！　けどよぉ。兄ちゃん、あんた駆け出しだろ。いきなり魔物狩りってのはどうなんだ？」

いや、お前が魔物狩りの提案したんだろうが。

「何が言いたい！　お前が言い出した事だろうが！」

「なに、もっと条件を平等にした方がいいって話だ。こっちの兄ちゃんがさっき言ってたみてぇにな！」

「まぁ、言いましたが」

「だろ？　だからよぉ。ここは2対2の冒険者同士の対決ってのはどうだい？」

「二対二？」

何それぇ。俺の巻き込み方が強引過ぎない？

「兄ちゃんは俺か、こっちの落ち着いた感じの兄ちゃんのどっちかをパートナーに選ぶ。そっちの荒くれ者は残った方をパートナーに選ぶ。そんで明日の朝一番に魔物狩りを始めて……そうだな。Fランク魔物を一日で狩った数で勝負ってのはどうだ？」

どうだじゃねぇよ。俺にメリットがねーよ。

「兄ちゃんもこんな時に置いていく仲間なんぞより新しい仲間を頼るって経験をしてみていいと思うぜ！　対人依頼なんてこなすにはどうしたって頭数が必要だろ？」

「はぁ、まぁありがとうございます。はは」

新人冒険者への気遣いが光るね、まったく。

その後もああだこうだと言い合いながら、結局はその方向に落ち着く。

話を終えてから俺はアリシア王女達の待つ宿へと向かう事になった。

ふぇえん、疲れたよ、マイハニー！　慰めてぇ、っていう感じに王女に泣きつく俺。

いやしないけど。

「まぁ！　既にギルドに潜入した盗賊を二人も見つけてきた上、その二人と接触まで済ませたなんて……流石は勇者様ですわ！」

俺は王女達と合流し、ギルドで起きた顚末《てんまつ》を彼女らに話す。

アリシア王女は今日もサービストークを光らせていた。

【異世界転送術】のターゲットは盗賊ダズリーとザークィーに設定している。

彼らを監視し、今後の動向を探る為だ。

アリシアのターゲットは……今夜は残しておこう。

いや、ナニを見たいワケじゃないんですケドネ。

「明日、彼らの魔物狩り勝負に付き合う事になりました。十中八九、狙いは自分とヘンリーさんだと思います。ただ俺に目を付けたのが、そもそも王女様が貴族と見抜いたからのようで。俺はその影響で貴族崩れだと思われたようですね」

王女様の高貴さが仇《あだ》になった、とばっちりだ。

「金目の物を持ってるカモだと思ってるって事だな」

「はい。あと、すみませんが宿に戻る俺が尾行されていて、本命の王女様を狙ってくるという危険性があります」

というかダズリーが俺を尾行しているのは監視機能によって判明している。

「それはまぁ、こっちで何とかしよう」

「お願いします」

騎士団長にそちらの対策を任せておけばアリシア王女はまぁ大丈夫か。

「勇者様。ワタクシ達は宿に来る前に、この街の領主と話をしてきましたの」

「領主様と？」

「ええ。ちょうど領主様の屋敷へ移動をと考えていましたのよ」

「領主の屋敷へ移動ですか」

まぁ、一般の宿に王女を泊め続けるってのもアレだしな。

「俺達は屋敷へ行く。ここの宿は勇者様が借りてて良い。代金はもう払ってるからな。向こう一週間分ってとこだ」

「一週間分の宿泊……ですか？」

て事は俺はこの宿に泊まるの？　置いてけぼりか？

「それは盗賊団退治の期限ということでしょうか？」

「期限と言えば、まぁ？」

「はぁ……？」

期限付きの討伐指定に条件変更。何故だろう。

「街の領主に王女として話をし、何か他に問題がないかなども聞くつもりですの。ワタクシの立場としての仕事ですわね。先方に厄介になり、話を聞き取り、そしてそれを父……国王陛下に持ち帰りますわ。その領主の屋敷での滞在が一週間を予定しておりますの。勇者様には、その間に盗賊団の退治をお任せしたいのですけれど」

お、おう。凄《すご》い普通に王女として真面目に仕事しだしたな！

いや、元から仕事はしてたけどさ。

「そうですか。では、経過報告などは如何《いかが》致《いた》しますか？」

「何かあれば領主の屋敷をお訪ねください」

たしか殺人を犯してしまった俺のメンブレタイミングで慰めてくれる予定じゃないんスかね。

心が傷ついた俺が屋敷に赴いた所で……を想定しているのかな。

「勇者様は明日、件《くだん》の盗賊団の内の二人と対峙《たいじ》されるとして、どのようになさる予定ですか？」

「そうですね。一応お聞きしておきますが、彼らを……死なせてしまったとしても俺は罪に問われないのですか？」

ここの確認はしておかないとな。法律的な部分だ。

「ええ！　魔物が蔓延《はびこ》るこの時勢、盗賊団などに身をやつし、罪のない民を苦しめる者達を誅《ちゅう》したところで誰も咎《とが》めなどしませんわ」

「そうなんですか」

「はい。そもそも彼らは既に人命を奪っている筈。人の命を奪い、また奪おうとする者達を返り討ちにしたところで、それは当然の報いでしかありませんわ」

「ほう」

やった以上は、やり返されるのは当然と思うワケね。

俺を異世界召喚したアリシア王女様が、そういう価値観であると。

……これは後でお楽しみですね！

「可能であれば捕まえる、或《ある》いは泳がせてアジトの場所を探る。といった事を考えております」

「そうですの。ぜひ勇者様のお力を示してくださいね！」

「ええ、もちろんですとも。アリシア王女様の勇者でありますゆえ」

「まぁ！」

フフフ、へへへ、と腹黒く笑い合う恋人達《おれたち》。

「盗賊団員二人の狙いとしては奇襲に都合のいい場所への誘導と機会の見計らいを狙っているかと思われます。表面上は二対二の魔物狩り勝負。対象は、俺は見た事がありませんがオーク、と」

オークってFランクの魔物なんだろうか。

もっとヤバいイメージが強いけどな。

「オークか。この辺りの森に棲《す》む程度のオークなら……まぁ、今の勇者様でも可能だな」

「お墨付きをいただき自分も安心です」

今の俺でも討伐可能ぐらいの強さか。パワーはあるけど動きが遅い系か？

最悪、【完全カウンター】があるから、めちゃくちゃ痛くても何とか倒せるか。

「あとの問題なんですが、魔物狩り勝負で自分と同行する予定の冒険者ですね」

「そちらも何か盗賊団と関わりが？」

さて、どこまで言うかな？　んー。ここは全部話しちゃうか。

スキルの有用性アピールも兼ねて。

「いえ、そうではないのですが【人物紹介】によりますとですね。大変に性格が悪く、また貴族の家の出身なのですが、侍女複数人に手を出し、家からは追放されているとのこと。あとは家から家宝の短剣らしい物を盗んできていると」

言い過ぎかな？　別にいいか。

「……それはまぁ。お名前は何と？」

「ヘンリー＝ダルカス。三男で、既に家からは追放処分の身の上らしいです」

「ほう」

「スキルで判明した事なので家宝の短剣の盗難など証拠がある話ではございません。また既に家を追放されているとはいえ、彼に何かがあった場合は王女様が困ったりするでしょうか？　家臣の誰かの子息である可能性もありますよね」

貴族らしいし、ありえる事だろう。

「ダルカス。ダルカスと言えば……アリシア様」

「そうですわね」

「何か？」

「……ダルカス家は、ソフィア王女様をご支持なさっている貴族なんだよ」

おっと。じゃあアリシアの派閥じゃない？

もしかして敵対勢力の息子なのか？

「そのような不貞を働いていて、それでも追放で済ませているのは、かの家の温情かと思われますわ。ですが家宝の短剣を盗むという行為で、その温情すら踏みにじったのでございましょう。仮に、その方を勇者様が殺《あや》めてしまったところで……。ええ。大きくワタクシに不都合があるとは思えませんわ」

いや、俺がヘンリーくんを殺す動機はなくない？

別に彼が俺を殺す予定だってないんだから返り討ちの予定もないぞ。

「可能であれば、その盗まれた短剣とやら、ぜひ勇者様に取り返して欲しく思いますわ。その彼は盗賊団とは違いますが、それでは盗賊と同類ですもの。ギルドからの依頼ではありませんが、かの家も家宝が盗まれたとあっては大変にお困りでしょう」

「家宝の短剣を取り戻せ、ですか」

「はい。勇者様なら……それも可能ですわよね？　ふふ！　信じていますわ、勇者様！」

えー……？

追加ミッションはやめてください、王女様！

4話　偽《いつわ》りの純愛

「勇者様、少しお時間をいただけますか？」

王女達が領主の屋敷へ向かうまでに、少し俺とアリシアの二人の時間を取る事になった。

数日前に恋人関係になった俺達の、当然あるべき逢瀬《おうせ》の時間。

「明日からの事は大丈夫ですか？」

「はい。不安はありますが打てる手はあるかと思います。アリシア様も平気ですか？」

「ええ。ワタクシは勿論《もちろん》、問題ありませんわ。あ、ですが……」

「はい」

王女様は俺に近寄り、その手を俺の胸板に添える。

綺麗に整えられた金の髪に青い瞳。

王族とはこういうものかと言うしかないほど整った彼女の見た目。

「不安は仕方のない事ですわ。ですが、これも勇者としてやるべき事。貴方《あなた》のお辛《つら》い気持ちを少しでも慰めさせてくださいませんか……？」

「アリシア様」

彼女の顔は近く、その目は潤んでいた。

計算されたかのような完璧な上目遣いに見惚《みと》れてしまう俺……。

「貴方に一週間もお会い出来ないワケではありませんよね」

「ええ。勿論ですわ。ワタクシは領主の屋敷におります。勇者様にもこなすべき務めがあるでしょうが……それを果たす上で、いつでもワタクシの元へ訪ねて来てくださってよろしいのですよ……？」

そうか。辛い事があれば彼女に慰めて貰《もら》いに行けばいいと。

俺の傍《そば》で常に支えてくれるのではないのだ。

だって彼女は王族なのだから。初めから身分違いの恋だった。らしい。

でも彼女は何かあった時には、いつでも受け入れると言ってくれている。

自分が傷ついた時には俺から彼女を求めに行かなければならないのだ。

「アリシア様、その。お身体の不調は？」

「……まぁ、勇者様ったら」

くす、と恥ずかしそうに彼女は微笑《ほほえ》む。

「俺は心配です。アリシア様のお身体の不調にかこつけて良からぬ者が貴方を傷つけようとはしないかと」

例えば王女に性の呪いを掛けてくる勇し……魔王がいるかもしれないし。

王族に対して、なんて不届き者だろうか。

「そうですわね。今は平気なのですが」

彼女は逡巡《しゅんじゅん》する。自らに掛けられた性の呪いについて考えているのだろう。

自分一人で処理は出来る。だが不十分かもしれない。

そうして淫らな悪夢を見た時、そこは王城ではなく地方の屋敷なのだ。

そうなると王女である彼女にとっては、ひどく屈辱的な場面が待っているかもしれない。

地方領主の屋敷で粗相、王女は淫乱だ、などと貴族の嘲笑に晒《さら》される……。

それはそれで、ちょっと見てみたいな。

「実は、この二日程はワタクシの体調も良いのです。でも」

「でも？」

「また勇者様の知らぬ所で……ワタクシは乱れてしまうかもしれませんわ」

「そんな……自分は、そんなのは嫌です！」

と、前のめりに。距離を詰める俺。

ああ、なんて王女に惚《ほ》れこんでる勇者なんだ。

「まぁ、勇者様ったら。ワタクシの事を独占されたいの？」

「ええ！　できるならば、この先もずっと。アリシア様」

「……良いですわ。ワタクシは勇者様のものですもの」

そうして、そのまま王女は俺に寄りかかり、少し背伸びをして……俺にキスをした。

「んっ」

俺は、彼女の肩に手を掛ける。そのまま何度もキスを繰り返した。

「アリシア様」

「んっ、ちゅっ……んっ……」

しばらく丁寧にキスを繰り返し、手を取り合ったりしながら二人の距離を近付けていく。

「勇者様、そこのベッドへ……」

誘われるままに俺は彼女を連れて、宿のベッドに一緒に腰掛けた。

既にお互いに十分に興奮している。

彼女の肩を抱き寄せて、また何度もキスをして……。

「はぁ……ん……」

キスを繰り返した後、呼吸を整えるように少し間を空ける。

「アリシア様は、なぜ自分にここまで許してくださるのでしょうか」

「……何をおっしゃっているの、勇者様。ワタクシが貴方をお慕いしているからですわ」

そんな告白の後、またキスを繰り返した。

今日の彼女は体調を崩してなどいない筈《はず》だ。それでもこうするんだな。

「はぁ……はぁ」

「アリシア様、また貴方の身体を慰めても？」

「……ええ」

王女は恥じらいながらもコクンと頷《うなず》いてくれる。

俺は衣服の上から彼女の胸に手を這《は》わせ、ゆっくり刺激し始めた。

「以前のように膝の上に乗りますか？」

「は、はい……」

俺の膝の上に彼女は座る。

最初は足を閉じて、文字通りのお姫様抱っこのような姿勢。

さらに愛撫をしやすいようにお互いの体勢を整えていく。

彼女の腰を片手で抱き寄せつつ、もう片方の手で乳房を愛撫し続けた。

「んっ……あっ」

乳房の輪郭に沿って揉《も》みしだき、乳首に触れるのはあえて避ける。

「っ……んっ……はぁ……」

そして徐々《じょじょ》に気持ちを昂《たかぶ》らせた後で、彼女の胸の先端を軽くひっかいた。

「んんっ！」

軽い筈の刺激でも彼女は気持ち良く感じられたらしい。

「アリシア様。こちらにも手を触れても……？」

「はぁ、んっ……。はぁ、え、ええ……お願いしますわ」

ここでも彼女は俺の行為をすべて受け入れる。

性欲を常に発散しなければ、と思っているのだろうか。

それとも行為自体は王女なりに望んでいるのだろうか。

嫌悪している筈の異世界人に愛撫され、快感を得る王女……。

「はぁ……ん……」

愛撫していた乳房から手を動かし、そのまま身体を沿うように這わせていく。

そして彼女の股間へと指を到達させた。

「んっ……！」

もう片方の手では、そのまま乳房の愛撫を続けて刺激し続ける。

性器の愛撫は、とにかく優しく行う事にした。

今回の彼女は身体に異常がないので誤魔化しが効かない。

素のアリシア王女の身体をしっかりと昂らせないといけないから、優しく、丁寧に。

「あっ……はぁ……」

下着越しに刺激をし始めると、王女はさらに身体を委ねてきた。

その体重を感じられることもまた心地いい。

「んっ、んっ……」

下着越しに人差し指と中指で筋をなぞる。優しく、優しく。

「あっ……んっ、んっ……やぁ……！」

アリシア王女は気持ち良さそうに声を漏らし、身体がビクビクと反応し始めた。

そうして、出来るだけ自然になるように……彼女の足を開かせる。

更に性器への刺激も続けて。

「あっ……やっ……ぁあっ……！」

開かせた足はだんだんと上がり、M字のようになってくる。

下着越しのまま一番敏感な部分を刺激し始める俺。

「んんっ！」

すると一際、王女様は大きく反応を示す。

「お辛いですか……？」

「い、いえ……。と、とても……良いですわ。このまま……続けてください……はぁ」

吐息を漏らしながらも続行の許可を出す王女。

このまま刺激し続け、彼女を果てさせよう。

「あっ……ぁん、あん……あっ！　ゆ、勇者様……！」

王女の動きと反応をしっかり見ながら徐々に刺激を強めていった。

そして。

「あっ……ぁんんッ！」

ビクンと王女様は俺の膝の上で果てる。

ちゃんと甘い快感を得られたらしい、その反応が心地いい。

「……まだ続けても良いですか？」

「んっ……はぁ……はい……ええ。あと何度か……はぁ、はぁ」

その気になった王女様をそのまま何度か果てさせるまで責め立てる事にした。

「あっ……あっ……」

「直接に触れても良いですか、アリシア様」

「んっ……は、はい……」

下着の中への侵入も許してくれるらしい。

お腹《なか》に手を沿わせ、ゆっくり下着の中に手を入れる。

直接に触れる以上はと、さらに優しく刺激し始めた。

「ぁあっ！　あっ……あんっ！」

今日に限らず何度か刺激してきた部分だ。

それだけに先端を直接に刺激すると、一際分かりやすい反応へと変化する。

「あっ……んっ……！」

彼女は口元に手を当て、強くなっていく刺激に耐えようとする動きを見せた。

こうなってきたら少し乱暴にした方が悦《よろこ》ぶだろうな。

「んっ、くぅ……イッ……く……！」

アリシア王女はまた俺の指で果てる。

一度果てても今度は休ませずにそのまま責め続けた。

「はぁっ……ぁあんっ……！　イクっ……！　あっ、気持ちいい、ですわ……。ワタクシ、とても……あっ、気持ちいいっ、あっ！　イクっ……！　はぁっ、んっ！」

こうして俺は、絶頂で身体を震わせる王女を、何度も堪能する事が出来たのだった。

「はぁ……んっ……」

行為を終えて、まだ身体は密着させたまま。

時間を掛けて互いに息を整えていく。

「アリシア様は本当に何故《なぜ》ここまでされるのですか？」

「……もう、勇者様ったら。ワタクシの気持ちを何度も確認されるなんて……。そんなに明日からの事が不安なのですか？」

「どうなのでしょう？　人と命の奪い合いをした事などありませんので」

どこか他人事《ひとごと》って気が多少はある。

それよりも目の前の可愛《かわい》い女だという気持ちも。

「何があろうともワタクシは勇者様の味方ですわ。ですから、もしお辛い事があれば……ワタクシをお頼りくださいませ、勇者様」

「分かりました、アリシア王女」

辛い事かー。それだったら、そう。

「……そうしたら俺は、家族の顔を見たいですね。もうこちらに来て10日を過ぎます。せめて自分の無事だけは家族に伝えたいものです」

と、思うのだが。

「それは……申し訳ありません。ワタクシにはどうする事も出来ませんわ。ですので勇者様が魔王を倒せるまで、お力添えをする事しか出来ません」

「そうですか」

いや、とりあえずスキルのロックを外してくれれば良いんですけどね。

「勇者様。今すぐに元の世界に帰れずとも、こちらの世界ではワタクシが傍に居ますわ」

「……そうですか」

辛い異世界生活ではアリシア王女様が傍に居てくれるそうだ。

勇者と王女のラブロマンス。それが王道か。

「勇者様……愛しておりますわ」

「俺もですよ、アリシア様」

二人とも息ぴったりに嘘《うそ》だけど。お似合いカップルか？

魔王を倒して、異世界へと帰る段階になって、哀しみの別れイベントが待っているのが勇者、という予定なのだった。

本当にそれで済むと良いね！

5話　呪い返し

王女達を領主の屋敷へと見送り、屋敷の場所を把握してから宿に戻る。

それから俺は盗賊二人の監視画面を見た。

どうやら彼らは同じ場所にいるようだ。

「あっちのガキの方の宿は突き止めたぜ」

「おう。こっちもだな。案の定、貴族の出らしい。ことあるごとに偉そうに振舞ってやがる。金もたんまり持たされているらしいなぁ」

盗賊ダズリーとザークィーは、街の酒場の隅で酒を飲みながら話していた。

おうおう、本性を出した会話をしやがって。

「黒髪のガキの方のツレは宿に居たようだな。けど、あっちに手を出すなら、ちょっと人を集めた方が良さそうだ」

「そうか？」

「ああ。連れの鎧《よろい》の男が随分とやりそうだったからよ」

「ふぅん。じゃあ、そいつが俺らを狩る依頼に出てくるって事か？　頭《かしら》に伝えるか」

「坊ちゃんとの狩り勝負で予定を作ってやったんだ。あのガキに鎧の奴《やつ》が手を貸しに来るかは見ておいた方がいいだろ」

騎士団長《きしだんちょう》を警戒しているなら、明日の彼らは様子見に留まるだろうか。

「鎧男が来なかったら都合がいい。オーク狩りで疲れた所を襲ってやって、連中が倒したオークの素材ごと持ってる金目のもん全部いただいてやろうぜ」

とは盗賊ザークィーの言。

「おう。ばっちり稼いで頭の印象を上げねぇとな！」

とは盗賊ダズリーの言。

「けどよぉ。鎧野郎は邪魔だが、あのツレの女はぜってぇいい女だろ。あんな冴《さ》えないガキには勿体《もったい》ねぇ。俺らの相手をして貰《もら》いてぇもんだ」

「おう。ま、分かるけどなぁ。けどユーリ様とは相性が悪そうな女だ」

ユーリ様？　ああ、なんか盗賊のボスに娘が居るとかあったたな。

アリシアと相性の悪そうな女とは、どんな奴だろうか。

「ははは、ああ、違《ちげ》ぇねぇ」

「ま、相性が悪ぃってことはそれだけ楽しめるってぇ事だがな」

「女のくせに女を虐《いじ》めるのが好きってんだから……ユーリ様は俺達よりやべぇよな！　ハハ！」

「おう。ガキを囮《おとり》にして誘《おび》き出《だ》せるもんなら釣ってやった方がいいかもな！」

その後、彼らの計画がチラホラと話題に上りつつも基本的には二人の飲み会が続いた。

……ふーむ。

盗賊団って、絵に描いたような人達だな。

これはこれで感動ものだが矛先が自分なので真剣になる。

ところで、彼らが矛先を向けている女性はこの国の王女なので王侯騎士団《おうこうきしだん》が黙っていないぞ！

ちなみに俺の立場は、その王女の彼氏であり、勇者だ。俺も黙っていない筈だ！

そして、翌朝。俺は待ち合わせ場所に向かい、ヘンリーと合流する。

「おはようございます、ヘンリーさん」

「ああ。随分と遅かったな。怖気《おじけ》づいて来ないかと思ったじゃないか」

「遅いですか？」

割と早めに宿は出てきたつもりだったけどダメだったか。

待ち合わせの時間よりは早めに着いているのだけど。

「さて、今日の段取りだがな。まず君は可能な限り、前に出て魔物を引き付け、僕から遠ざけたまえ」

「前衛ってことですね。分かりました」

うんうんと頷《うなず》く。彼は見るからに魔導士っぽい姿をしているしな。

対して俺は剣士系。装備品から納得の編成だ。

……ところで盗賊連中が何故《なぜ》か隠れて俺達の様子を窺《うかが》っている。

騎士団長が来るかの確認か？　今、彼らに挨拶したらビビるかな。

「僕の安全が確保されたなら、僕が魔法で魔物を仕留められる。十分に役に立ってくれ」

「ほう。魔法ですか」

何魔法があるのかなぁ。俺も早く覚えたいな。

「何だ？　君は魔法も使えないのか。ハッ。格好から君も貴族の出だと思ったものだが
……やはり平民の出なのか？」

「ええ。俺は平民です。多少は貴族の方と縁があり、今身に着けている服や装備などは譲っていただいたのです」

「チッ！　なんだ、そういうことか……」

物凄《ものすご》く舌打ちされてしまった。相変わらず感じの悪い人だ。

「その縁があった貴族とは、どこの出だ？　ちなみに僕はダルカス家の正統な後継者だ」

「ほう。素晴らしいですね」

正統な後継者とは？　あんた、追放されてるんじゃないの。

貴族の後継者様は冒険者ギルドに一人で登録に来ないと思いますが。

「かなり偉い方と言いますか」

なにせ王女様だしね！

「フン！　まぁ、平民からすれば貴族は当然みな偉いに決まっている。貴族間の身分差など平民には分かる筈もないか……」

「まぁ、細かく分かるワケじゃないですね」

「仕方ない。魔法について無知では僕の役に立てないだろうからな。教えてやろうじゃないか。感謝するがいい」

「おお、それは、ありがたい」

魔法講師との縁はまだ出来ていないからな。

ありがたく聞かせていただくとしよう。

それで……ヘンリー氏曰《いわ》く。この世界の魔法とは基本的に属性魔法を指すらしい。

騎士団長は嘘《うそ》を言ってなかったか。

属性魔法は、火・風・水・土が基本の属性。

他に変則だが、聖属性と治療魔法。

良かった！　治療魔法がある！　これはかなり大きいな。

けど【即死魔法】に対抗する術《すべ》がないなら、蘇生魔法系はないのかな？

魔法を覚えるのには魔石を元に作られた魔道具『マナスフィア』と呼ばれる物を使うらしい。

修得に当たっては属性ごとに調整されたマナスフィアがその都度一つ必要になる。

一個でバーンと魔法全種いっきに修得とはいかない。

ただし人によって相性があるらしく、マナスフィアを使用したところで覚えられない属性もあるのだとか。

まったく才能のない者は魔法そのものをどう足掻《あが》いても修得できないらしい。

またそういった才能のない者は平民に多いとか？

ここだけ眉唾感《まゆつばかん》あるのは彼の性格のせいだろう。

ヘンリーの偏見を疑いたいが、俺はその『才能のない者』に該当する気がする。

何にせよマナスフィアを手に入れてからだとは思うが。

「そのマナスフィアという物は高いのですか？」

「僕が話している最中だろう。黙って聞いていたまえ」

「……すみません」

なんで彼は地道にイラッとポイントを貯《た》めてくるのかね。

とはいえ俺達は駆け出し冒険者同士。初依頼なのだから一緒に頑張りたいものだと思う。

ま、盗賊団のせいで波乱が待っているんだけど。

「おお、早くに集まってるじゃねぇか」

「遅い！　いつまで待たせるつもりだ！」

「へへ、朝から怒鳴《どな》んなって兄ちゃん。昨日の黒髪の兄ちゃんも来たみてぇだな」

「どうも、おはようございます」

ザークィーに軽く挨拶。

ダズリーの方は怒鳴るヘンリーの肩を叩《たた》いて『触るな』とキレられている。

「ま、気を抜いてけよ。オークなんて数だけ沢山いても雑魚だからよ」

「そうなんですか」

話しているだけだと気のいい感じに見えるんだけどなぁ、盗賊ダズリー。

「兄ちゃんは、やっぱり昨日のツレとは別れちまったのかい？」

「そうですね。少なくとも彼らは今回の依頼では出てきません。別の仕事がありますので」

俺の返事に、そこはかとなく笑みを増やす盗賊達。

うーわ。やる気満々だな、こいつら。

「じゃあ日没までの勝負と行こうじゃねぇか。日没までにギルドへ討伐証明の部位を持ち込んで、報告し終えた数で勝敗を決める！」

「ああ！　さっそく始めようじゃないか！　まぁ、僕が負けるワケなどないけどな！」

こうして俺達の思惑塗《まみ》れの魔物狩り勝負が始まったのだった。


「ヘンリーさん、お耳に入れておきたい事があるのですが」

「なんだ」

監視機能で盗賊達との距離が空くのを見計らい、俺はヘンリーに話し掛けた。

「実はですね。今日の対決相手である彼ら二人。彼らは冒険者ではありません。この地の近くを拠点とする盗賊団の一味なんです」

「はぁ……？」

ヘンリーは『いきなり何を言い出すんだ、お前？』な表情を浮かべる。

ジーマーなんスよ、これが。

「実は、俺に装備を与えてくださったのはこの国の第二王女、アリシア様なのです。自分は王女様の特命により、この地の盗賊団の調査と討伐にやってきた者です。ですので、どうかここは協力してくださいませんか？　彼らは魔物だけではなく、自分と貴方《あなた》の命を狙ってもいます。最初からこの勝負は成り立ちません」

「君が、王女の命で……盗賊団の討伐？」

「はい。アリシア様も実はこの街に来られているのです。ぜひお会いになられるのがよろしいかと」

俺は正直にヘンリーに頷き、事実を伝える事にした。

こういうのは誠実に話すのが良いもんだ。

彼だって王女との橋渡しは嬉《うれ》しいだろう。

「そんなワケがないだろうが！」

「はい？」

あれ？　今、嘘は吐《つ》いてなかったよな。

「この僕でさえ王女になどお目通りした事がない！　この僕でさえな！　王女がこの地に居るならば真っ先に僕に会いに来てもおかしくないだろう!?　それを君みたいな平民が特命!?　ふざけた嘘を吐いて勝負から逃げるつもりか！」

「いえ、嘘ではないのですが……」

流石《さすが》に頭ごなし過ぎない？

あと理屈がおかしい。どんだけ傲慢なんだよ。

「くだらない嘘は聞きたくない！　この勝負は僕の冒険者としての華々しいデビューとなるものだ。真面目にやりたまえ！」

「華々しいデビューですと、盗賊団の討伐の方が華々しいと思います。ぜひ、どうでしょう？　彼らに対して奇襲を仕掛けませんか？」

なんせ王女様プロデュースの勇者伝説の幕開けだ。

さぁ、君も伝説に参加するチャンス！

勇者の初めての仲間になってみる気はないかい!?

「おい。僕はくだらない嘘は聞きたくないと言ったんだ。黙って囮に立つがいい！」

「いや、だから、」

「黙れ！　温厚な僕でも、それ以上の妄言は怒るぞ！」

どこが温厚だよ。キレまくりじゃねぇか。

あれー……。こいつ全然、話を聞いてくれないな！

あと今なんか囮って言った？

囮っていう言葉は前衛とはちょっとニュアンスが違わない？

……俺はスキルで見た彼のプロフィールを思い出す。

平民と正直に名乗ってしまったのは拙《まず》かったのか？

あ、じゃあ平民でなければ良い？

「ヘンリーさん。実はですね、俺は平民ではなく、この国に召喚された異世界の勇者なのです」

ドン！　なんちゃって。

「はぁ!?　くだらない！　もういい！　君はもう黙れ！　僕はさんざん僕をバカにした、あの男を赦《ゆる》さない。その為《ため》にこの勝負を受けたんだ。せめて足手まといになるな！」

なんだこいつ、とりつくシマもないな。

何が彼をそこまで怒らせているんだろう。

ザークィーは一体彼をどう挑発したんだ？

テンションに違いがあり過ぎてイラつく前に首を傾《かし》げるぞ。

「おい、来たぞ！　ボヤっとするな！」

彼の言葉に俺は森の奥へと目を向けた。

オーク……じゃない角の生えた狼！

そりゃ討伐対象以外の魔物も出てくるよな！

「グルルルゥゥ……」

剣を抜き放ち、構える。

ゆうしゃは不意を突かれてしまった！

今回は魔物との遭遇が早いなぁ！　危険な森だったのか!?

「グアルゥゥウッー!!」

「来たぞ！　早く盾になれ！」

盾になれて！　言い方！

とにかく俺は前衛に立ち、狼の前で身体を張る。

心臓を狙われない為に左半身を対峙《たいじ》する相手の後方へ、半身のスタイル。

そして攻撃を受ける事を意識して身体を動かす！

「グアァルゥゥ!!」

妙に殺気《さっき》立ってんな、この狼！　怖い！

だがしかし、やや単純な動きで突撃してきたので俺でも対処が出来る範囲！

剣で狼の突進を受け止め、そして【完全カウンター】を発動！

受けた攻撃を闘気へと変換し、そのまま相手に突き返した。

「ガァッ！」

「死ね！　火炎球！」

ちょっ！　森で火の玉打つなよ！　アリシア王女でもしねぇぞ、そんな事！

俺との戦闘で怯《ひる》んだ角付き狼を、火の玉が直撃し、焼き殺す。

「おお……」

魔法で魔物を倒すところ初めて見たな。

ところで今の火の球、かなり俺に当たるギリギリだったのですが？

俺ごと燃やす気じゃなかった？

「フン！　君、自分が勇者だと言ったよな？」

「え？　ええ」

聞いててくださったのですね、ヘンリーさん！

これはデレの予感！

「そんな実力で何が勇者だ！　勇者ならばこの森ごと魔物を焼き払うぐらいして見せたらどうなんだ？　それに盗賊退治を一緒にやろうだとか。そんなもの勇者ならば一人で余裕だろう、この嘘つきめ！」

「うぐ……」

い、痛いところを突いてくるなぁ……！

たしかに今の俺に勇者だと胸を張れる実力はない。

実績もなければ相応の力もない内から勇者の名を話し合いで出すべきじゃなかったか。

「いいか！　キミは僕の指示通りに動けばいい！　それならば嘘つきの君でも役に立つだろうさ！」

「はぁ」

嫌な性格してんなぁ、彼。まぁいい。

俺は意識を逸《そ》らして盗賊団員二人を監視窓で見る。

あれ？　彼ら、普通にオーク狩りしてる？

魔物狩りで疲れた俺達を襲撃《しゅうげき》する予定だったんじゃないのか。

……なんて映像をゆっくりと見ている暇はなく。

「グォオォオォ――――！」

こっちにもオークが現れた！　魔物出現率が高い森なのか、ここは！

その後も少し移動しては新たな魔物が襲い掛かってきた。

この森なんかヤバくないか？　めちゃくちゃ魔物との遭遇率が高い。

「ヘンリーさん、一旦引きましょ……」

「死ねぇえ！　火炎球!!」

また火魔法ぶっ放し!?　しかも軌道上にはまた俺が居る！

おい、ふざけんなよ！

俺は倒れ込むようにして、何とかその炎を回避！

実際に倒れ込む形になった。しかもまだ魔物がそこに居る！

ゴロゴロと転がりながら魔物から離れ、必死に立ち上がった。

「今の完全に当たるコースだっただろ！　おい！」

「それで一匹でも僕が魔物を倒せたら役に立てたという事だろう」

「はぁ!?」

なんだこいつ？　流石におかしくないか？

いい加減、俺だってムカつくぞ。

そうだ。王女様から許可は得ているのだ。

ならいいだろう。だから。

――【殺してやる】……。

という不自然なほどの強烈な怒りがヘンリーに向けて湧き起こった。

しかし。

「っ!?」

その強烈な怒りは一瞬で霧散して……なんだ?

俺の周りに黒い霧のようなものが立ち込める。

え、これ、何? ヘンリー知ってる? と、俺は彼を見た。

……見てしまった。

その瞬間、俺の周りを漂っていた黒い霧がヘンリーに襲い掛かる!

「何なんだ!?」

ヘンリーにも視認……出来ていない!?

彼はそのまま黒い霧の直撃を受けた。

「おい、ヘンリー! 大丈夫か!?」

今のは何だ!?

俺は……何らかの『攻撃』を【完全カウンター】によって跳ね返した?

カウンター攻撃を放つ時と同じような感覚だった。何故《なぜ》だ?

しかし、そうして考えている余裕はなかった。

「があああああ!!」

「ええ!?」

ヘンリーが雄叫《おたけ》びを上げて俺に襲い掛かってくる！

「死ね！　火炎球！　火炎球！」

「なっ!?」

なんで俺に攻撃!?　後ろに魔物が来ている……ワケじゃない!?

俺は剣で魔法を……弾《はじ》く！

必死に避《よ》けつつ、飛んでくる火炎球を剣で受け流す！

森に火が、とか気にしている余裕がないぞ、これは!?

「おい、何しやがる！　意味が分からねぇだろ！」

「死ねぇえ……！」

ヘンリーの様子がおかしい！　どう見ても錯乱している！

さっきの黒い霧のせいなのか！

まさか、さっきからの異常なまでの攻撃性は!?

「ぉおおおおおおお!!」

「ちょっ……」

そして魔法を撃ち続けるかと思いきや、まさかの短剣を抜いてヘンリーは突進してきた！

「死ね！　死ねぇえ！」

「何、何っ、怖っ！」

……それは殺意だった。

明確な殺意が彼にはある。それも俺に向けた殺意。

何故だ!?　盗賊団はともかく何が彼を駆り立てるんだ！

「がぁあああ!!」

「くっ！」

咄嗟《とっさ》に俺も剣を振るおうとするが、

「火炎球！」

「熱っ！」

剣を持っていた右手に火炎球が当たり、俺は剣を落としてしまう。

熱い、痛っ……ぐっ、カウンターが発動……駄目だ、当てる余裕がない！

「うわっ!?」

さらにヘンリーが俺にのしかかり、そして短剣を振りかぶる。

いや、それは、流石に、死――

「死ねっ！」

咄嗟に動かせた左手を、短剣と俺の顔の間に挟む。

「っ……！」

「……ッヅゥ!!」

左手に突き刺さる短剣。

痛い！　痛い痛い！　刺された！

暴走したヘンリーが俺に馬乗りになり、さらに短剣を押し込もうとしてくる。

激痛に思考が蝕《むしば》まれていく。

くそ、転送術、だめだ、設定してる余裕なんてない！

「ぐぅ！　カ、カウン、ターッ！」

刺された腕に力が集まっているのは感じていた。

俺の中に溜《た》まった何かを短剣を引き抜くように弾き出す！

だが、中途半端な形だ。

短剣は手から抜けてくれたが、ヘンリーはその柄を掴《つか》んだまま。

俺は馬乗りになったヘンリーをどかせる事が出来ずにいる。

「ぁあああっ！　死ねっ、死ねっ！」

「ぐっ、あっ！」

まずい。まずいだろ、これ。

カウンターの限界値まで刺され続けるとか、心臓を刺されたら……！

このままだと俺は死ぬ……死――

「……ぉおおおおおっ！」

どうにかして彼を突き飛ばそうともがいた。

彼の力が強い。闘気とやらを纏《まと》っているのかもしれない。

なら彼を退けるには【完全カウンター】を当てるしかない！

「死ねっ!!」

「ざけんなっ！　こんなところで死んでたまるか！　お前が……死ねぇええ！」

もう一度、今度はあえて短剣を左手に受ける。

そして火傷《やけど》をした感覚が残る右手に【完全カウンター】の闘気を移す！

手を刺し貫く程の激痛が闘気へと変換されて俺の力になる。

それを……のしかかる身体を突き飛ばす為に、ヘンリーの胸へと撃ち込んだ。

剣ではなく手の平を伝わる闘気。

「第2スキル【完全カウンター】！」

第2スキルの発動。
ドジュッ！　という鈍い音が耳に残る。
今度のカウンターは綺麗にヘンリーに当たり、そして彼の身体は吹っ飛ばされた。
「はぁ、はぁ……！」
俺はゴロゴロと転がって、その場から逃げる。
そして必死になって立ち上がった。
「おい！　何なんだよ！　ふざけんなよ！」
俺は倒れたヘンリーにそう怒鳴りつけた。
「…………」
しかし、彼は気を失ったのか仰向《あおむ》けになって寝転び、身動きをしなくなっている。
……くそ、何なんだ、こいつ。
明らかにおかしい。尋常じゃない。
性格が悪いとかの次元ではなかった。突然の殺意だ。
――バキッ。
……そう、そこで何か。
身動きをしていない筈のヘンリーから硬質な音が聞こえた。

それは何かが割れたような音だった。

「……？」

何だ？　一体、何なんだよ……。

死に掛けた。魔物との戦いより明確な殺意を感じた。

普通に怖かった……。

「おい、ヘンリー？」

ワケが分からない。一体、何が起きたんだ？

俺は落としてしまった剣を拾い、警戒しながらヘンリーに近付く。

杖《つえ》を持っていた彼だが、今は落としたままだ。一応、遠くへ蹴り飛ばす。

銃とは違うかもしれないが杖も武器は武器だろう。

そして俺を殺そうとした短剣も落ちている。

……それは装飾がしっかり施された短剣だった。

「例の家宝の短剣というヤツか？」

この短剣も一応、後ろの方へ蹴り飛ばす。

俺は倒れているヘンリーに近付いていき……。

「……ヘンリー？」

彼の身体の、ちょうど心臓に当たる部分から血が流れていた。
また、その口からも血が零《こぼ》れているのも見てしまった。
彼の目は見開いたまま、どこでもない空間を虚《うつ》ろに見つめている……。
「まさか」
動かない彼の横にまで近寄り、腕を取る。
……脈がない。心臓付近からも出血していた。
ヘンリー＝ダルカスは既に死んでいる。
——その日、俺は初めて人殺しをする事になった。

6話　勇者の自覚

刺された左腕を確認すると、腕の傷は治り始めていた。

完治ではなく、かさぶたが出来ていて傷跡が残っている状態。

『怪我《けが》を負った後で時間が経過し、自然に傷が治っていく途中』

……そんな風に見えた。

右手に火傷《やけど》の痕はない。熱の感覚が残っているのは俺の認識が、この身体の状態に追いついていないせい？

ダメージを負う。↓それを闘気に変える。

……その過程で傷が治っているようだ。

つまり第2スキル【完全カウンター】は治療魔法も兼ねる！

「でも、これじゃあ【即死魔法】を使う魔王とは戦えないな」

この過程を辿《たど》る場合、ダメージを負う段階で即死してしまうだろうから。

自身が殺した死体を前にして初めに俺の口をついて出たのは、そんな言葉だった。

「……ヘンリー」

俺は彼の死体を見下ろした。脈も確認したがたしかに死んでいる。

それも俺が殺した……のだが。

「なんか、別に……」

人の死体を見た経験はない。殺した経験だって、もちろんない。

しかし驚く程に俺は何も感じない。

正当防衛だから？　やらなきゃ俺がやられていた状況だった。

仕方ないからという納得が、俺に罪悪感を感じさせないのか。

「……なぜ」

そういうのとは違う気がする。感じたのは『俺自身』に対する違和感だった。

まるで自分が自分じゃなくなるような、そんな感覚。

「思いの外に薄情《はくじょう》だったのか、俺は」

なぜ俺が勇者として召喚されたのか疑問だった。

『死体を前にして何も思わないようなクズ』だから。

人殺しに手を染めても何とも思わない奴《やつ》だから。

篠原《しのはら》シンタが勇者として呼ばれた理由。

これが……その答えなのかもしれない。
俺は蹴り飛ばしていた彼の短剣を拾いに行く。
これがダルカス家の家宝の短剣なんだろう。
たしかに何か惹《ひ》きつけられるような不思議な魅力を感じる。
実は魔剣か何かだったりするのかもしれない。
「……彼の実家に返しに行かなきゃな」
短剣を握りしめると、そう強く思った。
彼の家へ行き、この短剣を返し、そしてヘンリーの顛末《てんまつ》を彼の親に伝えよう。
……きっと俺はそうしないといけない。
彼を殺した責任とかではないと思うが、とにかくそう決意した。
『おいっ、反応がねぇぜ！』
「っ！」
開き続けていた監視画面から盗賊達の声が聞こえてきて、ハッと我に返る。
『ああ？　早くねぇか？』
『けど反応がねぇもんはねぇ。気付かれたか？』
『気付いて取ったか、それとも魔物共に殺されたかもしれねぇなぁ』

『へへ。まぁ間抜けな坊ちゃん達にしか見えなかったしな！』

『まぁな。どうせ、魔物寄せに集まってくる魔物共が多過ぎて食い殺されちまったとかだろうよ』

……魔物寄せ？

俺はヘンリーの死体に目を向けた。

そういえば先程まで頻繁にあった筈の魔物達の襲撃《しゅうげき》が止まっている？

『ま、そんなとこか。あれだけ素でもムカつけるガキだったんだ。魔物寄せの効果も効きまくっちまっただろうな！』

『ギャハハ！　ムカつく性格の自分が悪いんだってか！　違《ちげ》ぇねぇ！　鼻持ちならねぇ貴族崩れみてぇだったしな！』

『呪いが強《つえ》ぇなら、しばらく経《た》ってから回収に行った方がいいなぁ。魔物共がまだ居るかもしれねぇしよ』

つまり、盗賊連中がヘンリーに何か魔道具を付けていたという事か？

『そうだな。消える前の最後の反応はあっちだったぜ』

盗賊達は何かを見ながら話し合う。

俺達が居る方角を、魔道具か何かで把握していた？

『んじゃ、しばらく休んでから死体見学に行くとしようぜぇ』

『おうよ！』

盗賊達の会話を一通《ひととお》り聞き終えてから、俺はヘンリーの死体を漁《あさ》った。

そういえばヘンリーが倒れた際に妙な時間差で『バキッ』という、何かが割れる音が聞こえたな。まさか。

「……これか？」

ヘンリーの上着の襟元。

その裏に真《ま》っ二《ぷた》つに割れたブローチが見つかった。

「これが【魔物寄せ】なのか？」

ここが魔物出現率が高い森だったんじゃなく、これのせいで俺達は大量の魔物に襲われていた？

あの時、俺はヘンリーに対して『殺してやる』という不自然な程の怒りを感じたが、それは一瞬にして霧散してしまった。

あの怒りの感情は【魔物寄せ】の効果だったんじゃないか？

ヘンリーは俺に向かっても【魔物寄せ】を使用してしまっていたんだ。もちろん無意識で。

そして第2スキル【完全カウンター】の『呪い返し』効果によって、その呪いがヘンリーに返ってしまった。

結果、ヘンリーは我を忘れて怒り狂い、暴走し、あの有様に至った。

幸いというか俺は生き残れたが……。

「まんまと嵌《は》められているじゃないか、俺達」

大量の魔物との戦いで疲弊《ひへい》した所を狙う算段だったのだ、連中は。

更にその言動から、このブローチには発信機的な機能もあったようだ。

ぼうっとしていたら、すぐに盗賊達がこちらに来るかもしれない。

何か対策を講じなければ二対一での戦いになってしまうぞ。

「……第3スキル【異世界転送術】、ターゲット指定」

ヘンリーに向けてスキルを使用してみる。

だが死体はターゲットに指定できないようだ。

「今やれる事をやるしかないな」

俺自身が生き残る為《ため》だ。俺は殺人行為に苛《さいな》まれることなく、すぐに作戦を考える事にした。

◇◆◇

「こっちの方かぁ？」

しばらく時間が経過した後で盗賊達がやってきた。

俺は第3スキルの監視映像で確認しながら様子を窺《うかが》う。

「お、居たぜ！」

「ん～……ハハ！　やっぱ死んでやがったか！」

盗賊達は彼の死体を見て嘲笑《あざわら》った。厳しい世界だな、ここは。

「黒髪の方のガキの死体は？」

「ねぇなぁ。逃げたか？」

「チッ！　あっちのガキを捕まえてたら、あの上玉の女を釣れたかもしれねぇのによ！」

そんな悪態を吐《つ》きながら盗賊達はヘンリーの死体から金目の物を剥《は》ぎ取《と》り始めた。

……さて、スキル実験の開始だ。

第6スキル【因果応報の呪い】のデメリットを警戒して、催眠《さいみん》や奴隷《どれい》化系の装備はなし。

俺はステータスからスキルの詳細を設定していく。

◆【異世界転送術】

【ターゲット】ダズリー

【装備指定】

◇現在の衣服。

◇魔物避《まものよ》けのブローチ（呪）

1、対象の衣服に装着されるが透明。勇者以外に認識されない効果。

2、魔物を近くに寄せ付けない効果。

3、魔物を避けた期間が長い程、ブローチを外した・又は壊れた際に魔物を寄せ付ける呪いを装備者に付与する。

4、装備してから4日が経過すると自動的に壊れる。

5、勇者が『ブローチ破壊』と口にすると壊れる。

6、ランクA

◇目《め》くらましの目隠し

1、対象の視界を塞ぐ効果。

2、地球に居る間だけ存在し、異世界に帰還すると消える。

3、ランクC

◇燃える針（起動式）
1、服の右袖に刺される針。
2、勇者が『針よ、燃えろ』と口にすると燃える。
3、対象の衣服から抜けると消える。
4、ランクC
◇認識阻害（勇者）のヘアピン
1、透明、勇者以外に認識できない効果。
2、身体から離すか、勇者以外に気付かれると消える。
3、装備者に勇者が認識できなくなり、その姿を視認する事が出来なくなる効果。
4、ランクB
【持ち物指定】
◇ダルカス家の黄金《おうごん》（偽）
1、黄金の塊。異世界で金銭的価値があると見た目で分かるデザイン。大きめのサイズ。
またダルカス家の家紋があれば、それを彫り込まれた形状になる。
2、手にした者が盗賊を生業《なりわい》としている者であれば、盗賊団のアジトにこの金塊をすぐにでも持ち帰りたくなる欲求を与える。

3、勇者が『黄金の変化』と口にすると【魔法の催涙弾】へと変化し、起爆。
4、ランクA
※【魔法の催涙弾】としての効果は以下。
1、起爆すると、盗賊のみを攻撃対象とした魔法の催涙ガスを発生させる催涙弾。
2、魔法の催涙ガスは盗賊以外がガスを吸っても害は与えない効果。
3、ランクB
【場所指定】地球・森林・今居る場所と気温が変わらない場所・誰も目撃者が居ない場所。

【目的指定】地球で0・01秒間過ごす。

【メッセージ】

『この金塊は、ヘンリー・ダルカスへとダルカス家の当主が贈られた物です。

条件を満たしたらヘンリーの元に贈られるように召喚式を特別に組んでいました。

いつかヘンリーが追い詰められた時の財産となるように、願いを込めて』

……以上の内容でタイミングを見計らい、第3スキル【異世界転送術】を発動。

「うわっ!?」

「何だ!?」

ヘンリーの死体を漁っていた盗賊ダズリーを魔法陣が包む。

だが時間が短過ぎて別世界を行き来した事には気付けない。

「お、おい、大丈夫かよ」

「お、おお!?　なんだよ、今のは！」

「分からねぇ。そのガキの死体を調べてたら、お前に魔法陣が浮かび上がってよ」

彼らは突然の事態に慄《おのの》いている。

「一体、何が起きやがったんだ！」

「んっ!?　おい、お前、それ何を持ってんだ？」

「ぁあ？」

そしてダズリーはいつの間にか握っていた黄金の塊に気付いた。

そのタイミングで俺は呟《つぶや》く。

「――『針よ、燃えろ』」

【燃える針（起動式）】の反応はない。

指定した条件は満たした筈《はず》だが上手《うま》くいかなかった。

リモコン系の使い方は無理なのか？

アリシア王女には台詞《せりふ》を条件にスケベな夢を思い出す効果が発揮された筈だが……。

燃える針の設定が自動補完された結果、例えば『俺の言葉が聞こえる範囲』にいないと起動しないとか？

「黄金《きん》？　ぁあ？　なんでだ？」

「知らねぇよ！」

よし。次はこっちだ。

◆異世界転送術
【ターゲット】ザークィー・ドッド
【装備指定】
◇目くらましの目隠し
1、対象の視界を塞ぐ効果。
2、地球に居る間だけ存在し、異世界に帰還すると消える。
3、ランクC
◇認識阻害（勇者）のヘアピン
1、透明、勇者以外に認識できない効果。
2、身体から離すか、勇者以外に気付かれると消える。

3、装備者に勇者が認識できなくなり、その姿を視認する事が出来なくなる効果。
4、ランクB
◇痺《しび》れ効果の上着
1、現在着ている衣服とまったく同じ形状、傷み、汚れの衣服。
2、勇者が『スタンガン』と口にすると装備者に電気ショックを与える。
3、電気ショックは対象を失神させるが命までは奪わない程度の電気を発生させる。
4、ランクB
【持ち物指定】
◇ヘンリーへのメモ（偽）
1、以下の文面が異世界の言語で書かれたメモ。
『この金塊は、ヘンリー・ダルカスへとダルカス家の当主が贈られた物です。
条件を満たしたらヘンリーの元に贈られるように召喚式を特別に組んでいました。
いつかヘンリーが追い詰められた時の財産となるように、願いを込めて』
2、盗賊ダズリー、及びザークィー・ドッドを対象にその内容を一度すぐに読みたくなる効果。
3、ランクD

「なんか気味悪くねぇか」

彼らの様子を窺いながらタイミングを図って。

「ああ。けどよ。黄金だぜ、これ」

「そうだな。頭《かしら》に持ってった方がいいなぁ」

「いや、どうなんだよ。そんな胡散臭《うさんくせ》ぇもん、持ってくのか?」

「だが黄金は黄金だろ。よく分からねぇけどよ」

「……ちょっと見せてみろよ」

ダズリーからザークィーへと【ダルカス家の黄金(偽)】が手渡される。

やるならこのタイミングだ。転送術を発動!

「うわっ!?」

「またか!」

転送、帰還。……転送術としては本当に使わないな、この第3スキル。

宝の持ち腐れな気がするが、まぁいい。

「っとぉ! 何なんだよ、一体!」

「あぁ?」

謎の事態に付いていけない盗賊達。

ああだこうだと喚《わめ》きながらも今度はメモを残したので、すぐにその存在に気付いた。

「なんだ、こいつは？」

「ぁあ？　ったくワケが分からねぇ」

「なんか書いてねぇか」

「……おう」

盗賊達は現れたメモを読み上げる。

しばらく読んでから互いの顔を見合ってヘラヘラと笑い始める2人。

「ほぉーう？　って事はなんだ？　この黄金はこのガキの親がもしもの時の為に仕込《しこ》んでたもんだと？」

「どうやってそんな魔術を仕込んだか知らねぇが、なるほどなぁ」

「追い詰められた時もクソも魔物に襲われてたら黄金なんて関係ねぇっての。ハッ！　貴族様は何でも金で解決できると思ってっからよぉ！」

「違ぇねぇな！　んな息子が心配なら、なんでこんなとこで冒険者やってんだっつうの！　バカな親だぜ！」

「じゃあこいつぁ俺らがありがたぁくいただくとするか」

「ああ。頭に持ってこうぜ。良い金になるだろ！」
おお。成功だ。上手くいったぞ。
こういうのって本人がそう考えてもおかしくなければ誘導しやすい、とかあるのかな？
その後、俺は盗賊二人を追跡した。
監視機能はあるが目視で追いかけないと森では道に迷うからな。
認識阻害系の装備と魔物避けはちゃんと効いているようだ。
素人の尾行だが、彼らが俺に気付く気配はない。
そうして、ある建物を見つける事が出来た。
「……あれが盗賊団のアジトか」
少し距離を置いておこう。それから手頃な木の陰に身を隠す。
彼らから離れると魔物の襲撃が怖いな。木登りでもしておくか？
森の奥に建てられた屋敷が一軒。そこがゴーディー盗賊団のアジトらしい。
周囲に他の民家は見当たらない。
ダズリー達は、見張りと挨拶を済ませた後でアジトの中へと進んでいった。
監視映像からアジト内の様子を確認。人数は一人、二人、三人……。
五人程の人間が集まって一つの部屋で酒を飲んでいる。

ちょっと寂れた酒場という印象の部屋。

ゴーディー盗賊団は全部で何人ほど居るのか。

ダズリー達みたいに外で仕事をしている連中だって居るだろう。

馬車を襲うには徒党を組んだ方が良いと思う。

まとまって動くからこその盗賊団であり、ダズリー達二人は冒険者ギルドの監視役だったから別行動をしていただけ……？

アジトの中に居る盗賊団員は、まとまって酒を飲んでいる五人。

奥の部屋には怖い顔をした男と、それから若い女。

見た感じで言えば男の方が盗賊のボスだな。

第1スキル【人物紹介】を監視映像越しに発動！

◆ユーライ＝ゴーディー
性別：男
年齢：43歳
プロフィール：
『ゴーディー盗賊団の頭。娘を溺愛している。妻は居たが既に死亡。商人・旅人・冒険者を殺害し、金品を奪う事を生業にしている。また亜人や獣人を狩り、奴隷として貴族に売り払うこともしている』
悪行：
『商人や旅人、冒険者から金品を強奪しては殺害を繰り返してきた』
『女達は殺害する前に犯し、殺害してきた』
『足を洗うよう願ったかつての妻を、怒りのまま殺した』
『亜人・獣人狩りによる奴隷化、貴族への非合法売買』

ひえっ！　剣聖が可愛く見える経歴の方だ！

ちょっとロリコン疑惑あるけど剣聖はまだまとも説。

今なら状態異常系の爆弾をしこたま持たせたダズリー・ボムとザークィー・ボムで動きを止められるな。

異世界帰還を起動効果にすれば、ちゃんと起爆するだろう。

その前に娘の方の情報も見る。

彼女が罪のない人間であった場合、巻き込むと第6スキル【因果応報の呪い】のデメリット効果が俺に生じてしまう。

◆ユーリ＝ゴーディー
性別：女
年齢：22歳
プロフィール：
『ゴーディー盗賊団の頭の娘。人族主義《ひとぞくしゅぎ》の破綻者。加虐趣味。父が捕まえた亜人・獣人を嬲《なぶ》るのが趣味。何度か死なせたり、心を壊してしまい、それを父に窘《たしな》められているが反省はしていない。また人族の中でも同性を追い詰めるのを好んでおり、被害を受けた人族の女性も多い』
悪行：
『亜人・獣人への拷問。私刑。殺害』
『同性への拷問、また盗賊団員達の同性への強姦の先導』

……なんでこいつら放置されてきたんだ？

遠いからとかいう理由で放置していい連中じゃねぇだろ。

「ほぉお！　金じゃねぇか！　金塊たぁ、またえらいもん手に入れてきたな、お前ら！」

「へへへ！　傲慢な態度の口だけのガキが貴族の親に託されたもんみてぇですよ」

盗賊団の頭・ユーライが【ダルカス家の黄金（偽）】を手元に置いた。

リモコンパターンは使えないから、あの黄金に仕込んだ効果は不発だが……。

ダズリー達がそこに居るなら別の催涙弾を持たせれば倒せるかな。

――ガタッ。

と、そこで監視映像から何か別の物音が聞こえた。

ダズリー、ザークィー、ユーライ、ユーリ以外にも、この部屋には人が居る？

広範囲系を想定したアイテムは巻き込む者が居るかを慎重に確認しないといけないよな。

監視映像を操作して、彼らの周囲を確認する。

盗賊ユーライ達が居たのはアジトの地下っぽい場所だった。

「お？　また新しい奴を捕まえてきたんで？」

「おお。これでようやく次の仕事に取り掛かれるぜ。魔石とセットで新しい取引だ、へっへ」

ん？　次の仕事？　捕まえるだと？

「ひっ……」

監視映像に映ったのは金属の檻《おり》に入れられた……怯《おび》えている小さな女の子達。それも。

「……亜人だ」

獣耳をしている。尻尾も生えているように見える。

小さな亜人の女の子が、二人も檻の中に入れられていた。

7話　11人の盗賊団

◆ライラ
性別：女
年齢：11歳
プロフィール：
『ウサギの亜人の少女。村の外れで友人と遊んでいた所を盗賊団に捕まった』
悪行：

◆ティナ
性別：女
年齢：12歳
プロフィール：
『キツネの亜人の少女。村の外れで友人と遊んでいた所を盗賊団に捕まった』

悪行‥


「…………」

亜人の少女達は、ひどく怯《おび》えながら互いに身を寄せ合っている。

盗賊団のプロフィールに亜人の奴隷化《どれいか》があるのだから、彼女達は今まさに奴隷としての売却待ち、ということか。

「へぇ。今回は二匹も捕まえたんですね」

「おう。上手《うま》いこと捕まえやすいとこで見つけてな」

「そりゃあ、ユーリ様のお楽しみも増えますすね」

ダズリーが頭《かしら》の娘にゴマをする。

彼のプロフィールには盗賊団の娘狙いと出ていたな。

「そうねぇ。まぁ、二匹も居るんだし……どっちかは、ね、パパ」

二人の少女を前にして舌舐《したな》めずりをする女盗賊を映像越しに見る。

黒い長髪をストレートにしている女だ。

耳とか尖《とが》ってないし、尻尾も生えてない普通の人間だな。

服装は少しドレスっぽくも見える服を着ている。

顔は、けっこう綺麗で美人系。

俺より年上だろうけど年増って印象はない。

高校の上級生か、大学生ぐらいの若さを感じる。

そして髪の毛は黒いが瞳の色が赤色だった。うーん、異世界人。

その容姿には割と滾《たぎ》るものがあるのだが、中身がかなりアレな気配の悪女。

「ぁあん？　おい、またか。駄目に決まってるだろ、ユーリ」

「ええ？　そんな事言わないでよぉ。二匹いるんだし、一匹死なせても良いじゃない。ね？」

死なせるってまた不穏な。まず数え方を『匹』にするのをやめてやれ。

日本人の俺の方が亜人・獣人に対して偏見ないってどうよ。

「ひっ、ああ……」

「ひっく……うぅ、ティナちゃん……」

牢屋の中でどうにも出来ず、怯え、泣いて身を寄せ合う小さな子供達。

いつ殺されてもおかしくない状況……。

見ててキツい。駄目だ。彼女達を助けよう。今の俺に出来るだけの事をしなければ。

盗賊団を倒した後で『あの子供達の死体が転がっていました』『勇者は手遅れでした』

展開は嫌過ぎる。

◆【異世界転送術】

【ターゲット】ダズリー

【装備指定】

◇既に装備させている効果指定済みの装備。

◇痺《しび》れ効果の上着

1、現着ている衣服とまったく同じ形状、傷み、汚れの衣服。

2、勇者が『スタンガン』と口にすると装備者に電気ショックを与える。

3、電気ショックは対象を失神させるが命までは奪わない程度の電気を発生させる。

4、ランクB

◇魔封じの口枷《くちかせ》（激辛）

1、魔法行使に対する対象への阻害効果。対象の魔法使用を妨げる。

2、口枷を舐めると激辛味でショッキング。

3、対象の呼吸は妨げず、呼吸困難は起こさないように助ける効果。

4、ランクB

◇手枷と足枷
【持ち物指定】
◇人族特攻の睡眠ガス発生弾
1、異世界へ帰還した際に起爆するガス爆弾。
2、殺傷力はなく、何者も殺す事は出来ない。
3、人族のみに効力を発揮し、深い眠りへ誘う催眠《さいみん》ガスを発生させる。
4、亜人・獣人に対しては呼吸を助け、身体を癒す効果があり、無害。
5、発生したガスは勇者が『ガス、霧散』と口にすると霧散する。
6、ランクA
◇同様の効果を持つ【人族特攻の睡眠ガス発生弾】（二つ目）

……ダズリーの設定を先に済ませておき、ダズリー・ボムをセット。
続いてアジト突入の準備だ。
外で見張りに立つ二人。酒を飲んでいる五人。
ダズリーとザークィー。

そしてボスのユーライと娘のユーリ。
合計で十一人の盗賊団員が確認できている。
ただし、これらが盗賊団のフルメンバーとは限らない点には注意。
危険な罠があるかもしれないが、それらを見破る実力が俺にないのも問題点。
まず見張りの二人さえ無力化できるかどうか。
……視認できれば転送術のターゲットには出来た。打つ手は決まっているだろう。
気付かれない距離から視認し、タゲってから即離脱。
離れた場所で設定を打ち込んで第3スキルを発動する。
王女へのターゲットはもう外してしまおう。
今は子供達の救出に俺の全リソースを費《つい》やす。
「この辺りから……」
遠くから見張り二人を視界に入れた。
第1スキル【人物紹介】が使えないな。顔が見えないとダメなのか？
監視映像越しには見られるから問題ないんだが。
見張り二人をターゲットに指定。ザークィーがターゲットから外れた。
俺は気付かれる前にすぐに場を離れて転送術の指定を考える。

【人物紹介】で彼らを確認すると見張り二人も悪行持ちだった。
【因果応報の呪い】のデメリットは気にし過ぎないで良さそうだ。

◆【異世界転送術】
【ターゲット】レンド
【装備指定】
◇痺れ効果の上着2
1、着ている衣服とまったく同じ形状、痛み、汚れの衣服。
2、勇者が『スタンガン』と口にすると装備者に電気ショックを与える。
3、電気ショックは対象を失神させるが命までは奪わない程度の電気を発生させる。
4、異世界に帰還した際にも一度、電気ショックを発生させる。
5、ランクB
◇擬態拘束マント
1、全身を覆うマント。
2、風景に同化した色・模様になる擬態効果。
3、対象の身動きを阻害する形状。

4、ランクC
◇魔封じの口枷（激辛）
◇目隠し
◇耳栓
◇手枷と足枷
【持ち物指定】
◇盗賊騙《だま》しの魔法玉
1、見張りに立つ盗賊レンドとザイナンのホログラム映像を映し続ける魔法の映写装置。
2、異世界に帰還すると起動する。
3、ランクB
◇霧発生の魔法弾
1、周囲に霧を発生させる効果。
2、異世界に帰還すると起動する。
3、ランクC
◆【異世界転送術】
【ターゲット】ザイナン

【装備指定】
◇幻惑の目隠し
1、装備者に盗賊レンドを襲った魔物という幻覚を見せる効果。
2、対象の認識の混乱を起こし、我を忘れ、すぐさま見張りを離れて走り出す気持ちを強く起こさせる。
3、装備者はアジトから離れる方向に走り出したくなる。
4、周囲の地形・状況をある程度、反映させた幻覚を見せるが、勇者を認識する事は出来ない効果。
5、ランクA
◇認識撹乱《かくらん》の口枷とヘッドホンセット
1、対象の口を塞ぐが対象には自分が声を発していると誤認識させる効果。
2、呼吸の妨げにはならない。
3、ランクB
◇擬態と拘束（弱）のマント
1、風景と同化した色・模様になる擬態効果を持つ。
2、装備者の動きを邪魔するように、生地が身体に纏《まと》わり付き、紐《ひも》が多い装備。

3、ただし、防御性能はない。
4、ランクC
◇魔物避《まものよ》けの腕輪（脱着可能）
1、魔物を近付けない効果。
2、魔物に遭遇しない効果。
3、ランクA
◇痺れ効果の上着
【持ち物指定】
◇盗賊殺しの剣
1、盗賊に対する特攻の剣。勇者が使いやすい長さ・重さ・形状の剣。
2、盗賊を対象にした場合のみ、魔法耐性・闘気・防具を容易に貫ける効果を持つ。
3、ただし、盗賊以外のモノは一切傷つける事が出来ないナマクラとなる。
4、ランクS
◇魔法の閃光弾《せんこうだん》
1、起動後、五秒程度で目を眩《くら》ませる閃光と耳をつんざく音を発生させる爆発を起こす玉。

2、起動の際は、勇者が触れた状態で『閃光弾』と口にし、手放す必要がある。
3、ランクB

見張り達への転送術設定、よし。

監視機能をアジトの入口に向けた角度へ変えて見張り以外がいない事を確認。

まずはレンドに対して転送術を発動した。

「なんだ!?」

「うおっ!?」

突然に浮かび上がった魔法陣に驚く2人。

盗賊レンドが転送・帰還を刹那で終える。

「んぐ!?　……ッ、ぎゃばばッ、」

マントに包まれた姿となって帰還した盗賊。

顔には目隠しと口枷が施され、マントの隙間からは鎖が見えた。

綺麗な水晶玉のような物を落とし、電気ショックで痺れて倒れ伏す盗賊レンド。

すぐに彼の周りに霧が溢《あふ》れ始める。

更に転がった玉からホログラムが発生。その場に盗賊達の姿を映し出した。

「おお……」

電気ショックは異世界人にも普通に有効か。これは助かるな。

それにホログラムの精度も中々に高い。幻術《げんじゅつ》と言い張ってもいけそうだ。

「おい!?　何が起きたんだ!?」

続けて時間差でザイナンに対して転送術を発動。

「うわっ、俺も!?」

盗賊ザイナンに魔法陣が発生。

目隠し・口枷・ヘッドセット・マントが装備される。

彼の手に【盗賊殺しの剣】と【魔法の閃光弾】が握られるが、彼は玉の方をその場に落としてしまった。後で回収しよう。

「ぐっぐぅ!?　ぐぶぅ!!」

俺は動かず、監視機能で彼らを観察し続ける。

「ぐぶぅうぁ！」

盗賊ザイナンがアジトから離れるように走り始めた。

見張りの任務も相棒も置いてけぼりだ。盗賊レンドが立ち直る様子はない。

……よし。盗賊ザイナンの後を追うぞ。

「――『スタンガン』！」

「グぶぅ!?」

錯乱して駆ける彼に後ろから追いつき、離れた地点からの【痺れ効果の上着】を起動！

よっし、起動できたぞ！

痺れたように動けなくなる盗賊。

声認証系は『声が届かないとダメ』と自動補完されるっぽい。

「…………」

俺は、倒れ伏した盗賊ザイナンに慎重に近寄っていく。

……怖いから一応、もう一回。

「『スタンガン』」

「……ッ!!」

ビクンと跳ねる大の男。ちなみに彼の悪行は例によって略奪系と陵辱系の罪だ。

大迷惑《だいめいわく》に仲良しだな、この盗賊団の連中は。

「っ、っ……」

ビクビクと痙攣《けいれん》して失神している盗賊から【盗賊殺しの剣】を回収した。

やったぜ、Sランク装備（自称）をゲットだ！
忘れないように【魔物避けの腕輪】も回収して、と。
どのぐらいの効果が発揮されるか分からないところが怖いな、これ系の装備は。
安心と思っていたら、時間経過で効果が切れるとかだと目も当てられない。
「じゃあ、次は、と」
盗賊ザイナンは略奪の過程で人殺しもしているらしい。
ならばこのスキルの試し撃ちだ。
「――第6スキル【因果応報の呪い】」
第4の効果、発動だ！
ザイナンの傍《そば》に、黒紫色の光を放つ魔法陣が発生した。
そこから……おお。死霊だ。
人の……魂！　リアルな幽霊・死霊が現れて盗賊を襲う……！
『『■■■■■――!!』』
「怖っ！」
声になっていない声、翻訳不可能の呻《うめ》き声が聴こえる！
俺にも精神的なダメージが来るだろ、これ！

矛先が俺でないのは分かるが怖っ！　夢に見そうだ。

一人でお風呂入れなくなるから王女様、お風呂をご一緒に！

「………」

ザイナンは、この恐ろしい死霊達を認識できない。彼は完全に気を失っているからだ。

俺は【人物紹介】を彼に向けて発動し直した。

◆ザイナン
性別：男
年齢：41歳
プロフィール：
『ゴーディー盗賊団の下っ端《したっぱ》。盗賊団に所属し、商人・旅人・冒険者の殺害を手伝い、金品などを強奪してきた。亜人・獣人狩りには意欲的』
悪行：
『商人・旅人・冒険者の殺害』
『捕まえた女性への暴行・陵辱』
『亜人・獣人への拷問の加担』

彼を取り巻く死霊達は生前の姿を維持できていない。

だが、それなりの数がいる事は分かった。

彼が殺した人々がそれだけ居たって事だ。

この死霊達の魂を浄化する事も可能とスキル効果にはある。

呼び出したのに無念が晴れないまま対象を先に殺すのはそれはそれで怖い。

だが【盗賊殺しの剣】の試し斬りが必要だろう。この後にも戦いが控えているからな。

「とりあえず足を切ってみるか」

それぐらいなら死者達も赦《ゆる》してくれるだろ。

俺は【盗賊殺しの剣】をザイナンのふくらはぎへ向けて振るった。

――ザシュッ！

「――ッ！」

片足の服と肉が切り裂かれ、血が飛ぶ。

剣の抵抗感は……ないな。これが【盗賊殺しの剣】の効果なのかどうか。

もっと切り刻んで試すか？　今は簡単に折れる強度じゃない剣ってだけで十分か。

「こいつは、ここで放置でいいか」

これだけの死者の魂が寄ってたかる時点で『因果応報を超える』って事はないだろう。

もう片方の足も切っておき、動けないようにさえしておけば俺の仕事は完了だ。

あとは死者の魂さん達にお任せあれ。煮るなり焼くなりお好きにどうぞ。


「……!!」


ザシュッ！　と【盗賊殺しの剣】をもう片方の彼の足に振るう。

血飛沫《ちしぶき》が撥《は》ね、返り血を浴びても俺は何故《なぜ》か平気だった。

あ、でも治療魔法があれば足を切っても回復するよな。

拘束具を更に彼に設定してから……転送術を発動！

しかし。

※【因果応報の呪い】の使用中の対象は転送できません。

「……マジか」


ここでスキルの新仕様が発覚！

「新スキルが解放される度に色んな仕様が発覚しそうだなぁ」

ややこし過ぎる俺のスキル群。これって俺のせいなの？

いや、王女様のせいという事にしてしまおう。おのれ、アリシア王女め！

次あったら、もっと喘《あえ》がせてやるからな！　ぐへへ！

それからアジトの入口へと戻ると、まだ霧が立ち込めていて見張りのホログラムが映し出されたままだった。だが霧はもうすぐ晴れそうだ。

アジト内のダズリー達は外の異変に気付いていない様子。

今、他のメンバーに見張り交代に出てこられるとアウトだ。

正面からは近付かず、死角伝いに倒れている見張りの盗賊レンドに接近していく俺。

落ちていた【魔法の閃光弾】を回収した。

これで俺の装備は【盗賊殺しの剣】【魔物避けの腕輪】【魔法の閃光弾】……の3つだ。

これらとスキルを駆使して亜人の少女達の救出を目指す。

「『スタンガン』」

「――ッッ!!」

とりあえずレンドにも追加スタンガンを喰《く》らわせておき、更に動きを拘束しておく。

あっ、今ビリッと来た！　霧が立ち込めてるのに電気ショックなんて使うから？

電気の扱いには要注意っと。

「よいしょ、っと」

盗賊レンドの足を引《ひ》き摺《ず》って運び、入口からすぐ見える場所から遠ざける。

「中の様子は……」

ダズリーは、ザークィーと連れ立ち、盗賊団の頭の部屋からは移動している。

そして酒を飲んでいる5人の部屋へ。

そこで軽口・悪態を飛ばしつつ、ゲスな言動を踏まえながら、今日の成果（俺とヘンリーの間抜けっぷり）を自慢していた。

彼ら視点での俺はビビって逃げたか、魔物に食われて死んでいるらしい。

もし街で見かけたら『心配したんだぜ』と気さくに話しかけて王女の釣り出しに利用する気だとか。

彼らは王女と認識していないのでアリシア王女はその容姿で狙われているのである。

その人は……俺の恋人なんだ！　絶対に手は出させない！

おお、これはなんか正統派勇者っぽいぞ？

……俺もこいつらと同類だな。

同類らしくゲスく行こうじゃないか。

俺はレンドへ向けてスキルを発動する。

「――第6スキル【因果応報の呪い】」

黒紫色の魔法陣が発生し、死霊達がレンドに襲いかかった。

「ザイナンにもまだ発動中だが……」

第6スキル【因果応報の呪い】は複数の相手に同時使用が可能らしい。

「『スタンガン』」

「ッッ……！」

失神中に使ったんじゃ、効果の程が今いち掴《つか》めないスキルだ。

本当に魔王戦で役に立つんだろうか？

とにかく頑張れ、死者の魂達。犯人に報いを与えて成仏してください。

ひとまず、こいつも足を切っておいてと。

これで見張り二人の処理が完了。あとは九人。

「次だ」

ダズリーの近くには今、彼を含めて盗賊団員が7人集まっている。

「やるならボスキャラっぽいユーライを巻き込みたいんだが、そう都合良くは集まらないな」

ここでタイミングを見計らっていたらボス部屋で子供達が拷問されていた、とかは嫌な展開だ。

あのユーリって女がこの盗賊達の酒盛りに参加していないのが不穏過ぎる。

純粋に二人の敵と七人の敵ならば七人を先に潰しておいた方が良策だろう。

「……その前に【人物紹介】で善人が居ないか確認」

監視機能をぐりぐり動かして全員のプロフィールを見ていく。

「うん。見事に悪党だらけ」

ヒャッハー！　これで呪いなんて怖くない！

そりゃ盗賊団だしな。そんなものか。

つか、本当に仲良し盗賊団だ。どいつもこいつも悪行が被っている。

一緒に犯罪を犯してきた青春の日々だったのだろう。白狼騎士団《はくろうきしだん》は仕事しろ。

……というワケでダズリー・ボム起動。

既に設定済みの第3スキル【異世界転送術】を発動！

「うわっ!?」

「なんだ!?」

「おい、さっきの、」

唯一、魔法陣に見覚えのあったザークィーが反応するが時は既に遅し。

転送・帰還。そして2つの睡眠ガス発生弾が弾《はじ》ける！

――バァン！　バァン！

音でかっ！

「くっ！」

ちょっと耳が痛い。俺は顔をしかめて耳を押さえる。余計なダメージを喰らってしまった。

状態異常系の効果は……効きそうだな。彼らはバタバタと倒れていく。

「……よし」

盗賊レンド・ザイナンのターゲットを外し、ダズリーだけに絞り込む。

すかさず設定の再入力。

◆異世界転送術
【ターゲット】ダズリー
【装備指定】
◇既に装備させている効果指定済みの装備
【持ち物指定】
◇魔法の呼び出し機
1、ダズリーやザークィーなどゴーディー盗賊団の下っ端達の声で、ユーライやユーリ達を呼び出す大声を発生する装置。

2、ランクD
◇魔法の拡声器
1、その場の音を増幅して響かせる装置。
2、ランクD
……これで再び発動！

『頭ぁ！　来てくれぇ！』
『お嬢様ぁ！』
『ユーライ様、来てくださいぃ！』
『ユーリ様ぁあ』
出したアイテムはなんか丸っこい宝石と金属で出来た一品になったな。
てっきりラジカセみたいになるかと。
自動補完部分は、この世界に沿ったデザインのアイテムを形成する説。
それどころではない。次の設定だ。

◆【異世界転送術】

【ターゲット】 ダズリー
【装備指定】
◇既に装備させている効果指定済みの装備
【持ち物指定】
◇魔法の煙幕発生玉
1、特殊な煙を部屋に拡散させる玉。
2、亜人・獣人・勇者を除いた人族にのみ効果を及ぼし、魔法の使用を困難にさせる魔封じの煙を発生させる効果。
3、ランクB
◇魔法の置物
1、大きな音を発生させる置物。
2、盗賊ユーライ・盗賊ユーリの注意を引き寄せる効果。
3、ランクB
【場所指定】 地球・家屋内・誰にも迷惑が掛からない場所・目撃者が誰も居ない場所。
【目的指定】 地球で1分間過ごす。

今回は発動からのタイムラグを指定しておく。

『頭ぁ!!』

盗賊団員の再現音声が鳴り響く。その場には倒れた7人の盗賊達。

残った敵は、あと二人だ。中々にやれているんじゃないか、俺。

出来ればボス戦は相手を弱体化させてから望みたい。

あの亜人の子供達を引き連れてこない限りは遠隔でやりたい放題なのだが。

どう出る、盗賊団の頭？

「うるせぇぞ、てめぇら！　さっきから何を騒いでいやがるんだ！」

よっし、来た！　これで勝てる！　たぶん！

8話　2人目の悪女ユーリ

「ああん!?　なんだてめぇら！　何寝てやがる!?」

『頭《かしら》ァ！』

「何だこりゃ！　なんでこいつらの声がしてやがんだよ！」

怒号を飛ばす盗賊団のボス・ユーライ。

流石《さすが》に謎の状況に混乱している様子だ。

……絶好の機会だな、これは。俺はアジト内へ侵入する事にした。

盗賊団の頭とはボスだ。ボスキャラだ。つまり経験値たくさん入りそう。

第4スキル【レベリング】には『剣術』『体術』などの項目もあった。

だから彼と戦えば転送術による制圧だけでは得られない経験が積めるだろう。

真剣による殺し合いともなれば『殺人術』『殺人技能』といったレベルも上がるかもしれない。

……狂った発想だけどな。

だが、こちとら俺を殺す任務を背負った格上の騎士と生活中なのだ。

どうしてもその手に類する技能は上げておきたい。

相手が悪党でスキル使用の制限が弱く、またメンタル的に殺しても凹まない。

部下も一掃しており、一対一。

これほどの条件が揃《そろ》った戦闘状況は、この先そう望めない筈《はず》だ。

「おい、てめぇら！　起きやがれ！　くそが、飲んだくれやがって！」

「うぅぐぅ……」

監視画面を見ながらアジトを進む。

催眠《さいみん》ガスは拡散してしまってユーライには効いていないようだ。

「ったくよぉ！」

ユーライの声がリアルに聞こえる部屋のドアの外へ潜む。

心臓がバクバクと高鳴ってきた。……まだこっちに気付くなよぉ？

ダズリーに対し【異世界転送術】を発動！

「な、なんだぁ!?」

魔法陣が浮かび上がり、ダズリーは地球へ。彼の帰還は1分後。

ユーライの意識を逸《そ》らしたタイミングでドアを少し開く。

中を覗《のぞ》き、ユーライをターゲット指定。そしてすぐにドアを閉じた。
よし！　これで設定を手早く済ませばより完璧！　急げ急げ!!

◆異世界転送術
【ターゲット】ユーライ＝ゴーディー
【装備指定】
◇行動阻害服
1、『スタンガン』と勇者が唱えると装備者に電気ショックを発生する服。
2、対象の動きをとにかく阻害する形状。
3、ランクA
【持ち物指定】
◇ナマクラ武器
1、今装備している武器のデザインそのまま、しかし誰も傷つけられない効果。
2、ランクC
【目的指定】地球での滞在2秒。

これで準備完了。よし！　突入だ！　ゴーゴーGO！

扉を開け放ち、ユーライへ突進！

頭と心臓さえ潰されなければカウンター効果で我に勝機あり！

初見殺しで押し切って俺のレベルを上げてやる！

「ぁあ!?」

「うぉおおおおッ!!」

初めての命の奪い合いだぁあああ!!

やったれぇええ！　てめぇのタマ寄越しなぁあ！

「クソが！　何だってんだっ！」

せめて一太刀！　面と向かって、奇襲であっても！

それだけで経験値が蓄積される筈！

攻撃性能は【盗賊殺しの剣】頼り！

――ザシュッ！

当たった！　切った！　だが浅い！

「ざけんじゃねぇ!!」

ユーライは咄嗟《とっさ》の事態ながらも俺に反撃してきた。

「ぐぁっ！」

彼の反撃で殴り飛ばされる俺。騎士団長と同じく人智を超えた動き。

勢いのまま、その場にある家具に激突していく。力の差は歴然だった。

「ぐぅ……！」

痛い！　だがこれだって経験値！　いつか俺の為《ため》になる！　でも痛ぇ！

「てめぇえ！　何もんだコラァッ!!」

怒鳴《どな》りながら迫ってくるユーライ。このまま捕まれば死だ。

「――第3スキル、発動！」

「あっ!?」

魔法陣の発生と共にユーライの姿が消えた。

今の内に何とか俺は立ち上がる。

「……ッだ、これ!?」

すぐさま異世界に帰還させられた彼は動き辛《づら》そうな服装に変わっていた。

その手には見た目は同じだがナマクラとなった武器が握られている。

「――第6スキル【因果応報の呪い】！」

俺と彼の間の空間に黒紫色の魔法陣が出現。

『『■■■■……』』

そこから現れるのは彼に殺された死者達の魂。

「んだっ、これ！　ざけんな！」

『■う■テ？』

「ぁあ!?」

「ん？」

その中で、まだ人の姿を残した死霊がいる？

『ドウ■テ……』

「なっ……、なん、なんで、てめぇ……！」

知り合いか？　いや、そら知り合いだろうが。

殺した人間の事をしっかり覚えているタイプだったのか？

「ぁああ!?　化けて出てきてんじゃねぇ！　ユーリは俺が育ててやってんだろうが！　盗賊の娘は盗賊なんだよ！」

あ。ユーライのかつての妻、か？

「……そろそろ一分」

転送していたダズリーが帰還する。

彼に持たせた【魔法の煙幕発生玉】からブシュゥっと煙が拡散し始めた。

更に【魔法の置物】が大音量を発生。

――ギャアアアアン!!

ひどく耳障りな音に俺も顔をしかめる。

「ぁあ!?」

各種のアイテムとスキルでユーライの思考を奪っていく。

『『■■■■■――!』』

まだ形を残した女の死霊と共に襲い掛かっていく死者達の魂。

意識を散らしたユーライに俺は距離を詰めた。

「ぐぅう!?　ぎゃあ、何だ、何だぁ、てめぇら!!　ざけんな、ざけんなぁぁあ!」

喰《く》らえ、もう一撃!

「おらぁ!」

「ガっ、カハッ!　てっめぇええええ!!」

彼の身体の表面を【盗賊殺しの剣】で切る。

返り血が噴き出して……だが、これでもまだ浅い!

踏み込みが甘いってこういう感じ!?

「がぁああッ!!」

【因果応報の呪い】に襲われながらも暴れまわるユーライ。

その反撃を今度は落ち着いて受け止めた。

彼の武器は【ナマクラ武器】だ。俺が持つ【盗賊殺しの剣】は折られない。

「はぁ!」

ギィン！　と剣で打ち合う金属音が鳴り響いた。

受け止めた衝撃を……そのまま返すぜ！

「――第2スキル【完全カウンター】！」

闘気を発生させ、ユーライへ追撃を加えていく。

「ギャッ！　てめ、ぐぁあああああ！」

『『[redacted]――！』』

『ドウシテナノ、ドウシテナノ、ドウシテナノ』

女の死霊は『どうして』と繰り返した。かつての旦那だろう男に何を問いたいのか。

「うるせぇえあああああ！」

だがユーライにその言葉が届かないからこそ、それは恨みとなって生き残った生者に襲い掛かる。

「──『スタンガン』！」

「ぎゃっ!?」

【行動阻害服】の効果で電気ショックを発生。

動きを止めたユーライに対し、今度はもっと力強く踏み込み、斬りかかる！

──ザシュ!!　と。振り下ろした剣が。

「あぎゃっ、がぁあぎゃあああ！！？」

あっさりと彼の左腕を切り落とした。

……これは俺の実力とは違うよな？　人体切断なんて。

【盗賊殺しの剣】の効果が効いたか。

「これでトドメだ。『スタンガン』！」

「あがっ、がぁぎゃ……！」

駄目押しでの電撃に、とうとうユーライは気を失うのだった。

……勝った。俺は盗賊団のボスに勝利した。

「……はぁ、はぁ……。よし……！」

あとは片っ端から盗賊達に転送術を使って拘束していく。

口枷《くちかせ》、手枷、足枷、魔封じ、スタンガン指定、と。

「よし、これで」

事前に確認した十一人の内、外の見張り二人を撃破。

中に居た飲んだくれ達七人を昏倒・拘束。

そしてボスであるユーライを撃破し、その拘束も完了。

大きな音を立てた戦闘だったが、他には誰も駆けつけない。

幸い、これ以上の仲間は居ないらしい。

あとに残ったのは盗賊頭の娘・ユーリ＝ゴーディーだけだろう。

「──『スタンガン』！」

「「「…………！」」」

念の為に、その場に居る盗賊八人全員に追加の電気ショックを与えておいた。

これで問題なし、と。

転送術のターゲットをユーライだけに変更し、空き枠を2つ確保。

次の仕事の為に新たな装備を転送術で作成する。

【持ち物指定】
◇隠密のマント
1、風景に擬態した色・模様に変わり、擬態する効果を持つマント。

2、気配を遮断する効果。
3、体臭を遮断する効果。
4、ランクA
◇盗賊退治のテイザーガン
1、対象に針を打ち出し、電気ショックを与えるテイザーガン。
2、自動エイム効果を持つ。ただしエイム対象をユーリ、または盗賊に限定する。
3、盗賊が相手でなければ電気ショックは起動できない。
4、ランクB
……よし、準備完了。早く亜人の子供達の救出へ向かおう。

◇◆◇

「やだよぉ……！」

「ひっぐ、うぐぅ、えっぐ……！」

泣いている子供達の声が聞こえた。

良かった！　まだ彼女達は生きているぞ！

俺は地下室の扉に音を殺して近付き、中の様子を窺《うかが》う。

すると子供達以外の声も聞こえてきた。女盗賊ユーリの声だ。

「あはは！　どうしてかしら？　助けてあげようと言っているのよ？」

……ん？　助けるの？　実は見所のある奴《やつ》なのか、あの女盗賊は。

今は亡き母さんも上の階で死霊になって喜んでるよ！　父さん呪いながら！

「やだぁあ……！　ぁあああ！　帰してよ！　家に帰してよぉ！」

「だから帰してあげるって言ってるじゃない？　貴方達《あなたたち》のどちらか一人だけ♪」

あっ、二者択一を迫ってんのか。

どっちか一人は家に帰してあげようって？

……友達同士だろ、雰囲気的にあの二人。

ゲスかよ。どっちも家に帰せ、誘拐犯。

誘拐って最悪の犯罪だと思うね、俺は。

その辺どう思いますかアリシア王女。

「ほら。そのナイフを拾って。友達を殺せた方がお家に帰れるわよ？　あははは！」

「やだ、やだ、やだぁあああ」

「うわぁぁあんん……！」

…………外道かな。

え、何？　友達同士で生き残った方だけ家に帰すって言ってんの、あの女？　クズ過ぎない？

しかも何か取引だかに使う予定の子達なんだろ？

てことは生き残った方も家に帰すつもりがない。

……やば。早く行かないと追い詰められた子供達に友達殺しをさせかねない。

それはあまりにキツ過ぎる。

俺は【魔法の閃光弾《せんこうだん》】と【盗賊退治のテイザーガン】を構えて地下室の扉を開いた。

勢いよく、ね！　バンッ！

「いつまでやってんだ、ユーリ！」

パパがやってきましたよ！　とばかりに馴れ馴れしく大声を上げてみた。

「パ……はぁ？」

美人の女が赤い瞳を見開いて驚いて俺を見ている。

「誰よ、アンタ！」

「俺だよ、俺」

テイザーガンをユーリに向けて容赦なく発射。くたばれ、ゲス女。

「だ、は!?」

撃ち出された針が女盗賊にヒット！

神エイムだ！　アイテム補正だけど！

すかさずテイザーガンを起動する！

――バチチチチチチ!!

「あぎゃ、ぎゃあああああ!!」

フハハハ！　現代武器で異世界無双だぜ！

電気ショックは効くらしいなぁ、異世界人！

「他には居ないか？」

ユーリ以外の盗賊は見当たらない。

ボスの娘のお楽しみは邪魔できねぇから出てこないのか。

普通に盗賊団はこれでフルメンバーか。

「がぎゃ……」

とにかく手早く転送術でユーリに拘束具を着せる。

……よし！　これで盗賊団の全員を撃破完了だ！

「ふぅ……君達、大丈夫!?」

亜人の少女達が囚《とら》われた鉄檻《てつおり》に駆け寄る俺。

「ひっ！」

「ぅぅぅ!!」

子供達は俺にも怯《おび》えて悲鳴を上げた。

『そんな、助けに来たのに』……とかは言いっこなしだ。彼女達の状況で分かるワケがない。

人間の姿を見ただけで恐怖の対象かもしれないしな。人族主義《ひとぞくしゅぎ》とかあるぐらいだし。

「大丈夫そうだね」

安心させるようにニコッと笑ってみた。

「ひぃぃ……」

それも怯えられちゃった。ま、元気そうだ。

『友達を殺して生き残らなくちゃ……』まで追い詰められてない。

ならまだリカバリーは効くと思うね。トラウマは残るだろうけど。

鉄の檻には鍵が掛かっている。これを開くには、と。

【ターゲット】ユーリ＝ゴーディー
【持ち物指定】

◇鉄檻の鍵
　1、ライラとティナを閉じ込めている檻の鍵。
　2、ランクC
　ほい、ほい、と。唸《うな》れ、俺のテキスト打ち込みスキル！

「ッ……」

　ユーリは電気ショックでぐったりしている。

　若く美しい女だが、流石に内面がゲス過ぎだった。

　でも悪党なので酷《ひど》い事をしても呪い返しの心配は薄そう。

　……て事は夢が広がるな！

　外見は最高でも中身が悪女とか、俺の勇者スキルの使いがいがあるぜ！

　アリシア王女対策の実験とかこの女盗賊でやっておきたい。

　今後の為にやむをえずだヨ！

「これ、その檻の鍵。なんだけど」

　ユーリはさておき、子供達に向き直る。檻の鍵を見せて話しかけた。

「まだ君達を捕まえた人達を全員拘束したか分からないから少し待てる？　えっと……ライラちゃん、と、ティナちゃん」

出来る限り怖がらせないような声音で。

彼女達の安全な解放の為にはどうすべきか。

「これが檻の鍵と、それから【魔物避《まものよ》けの腕輪】ね。このアジトの周りは森だから。怖くて今すぐ逃げたいだろうけど持っておいて」

信用を得られず俺から逃げても彼女達が魔物に襲われないように対策。

「でも君達、たぶん家への道が分からないよね？」

早口になり過ぎてるかな。でもまだ敵が居るかもしれない。

背後を警戒しつつ、手早くだ。こういう時に後ろから襲われるのは勘弁だからな。

「君達を助けたいんだ」

「……え？」

「怖いかもしれないけど少しの間でいい。俺を信じてくれる？」

「…………」

キツネの亜人・ティナは、ライラと身を寄せ合いながらも、何となく友達を庇《かば》うような姿勢に見える。

……強い子だと思った。

「助けて……くれるの……？」

「もちろん。君達に酷い事を言ってた、あの女盗賊を倒してみせただろ？　それを証拠と思ってくれたら良いなと思う。……そうだな」

俺は再びユーリ転送術を使用。

【持ち物指定】

◆癒しの水×2

1、子供が持てる水筒に入った水。

2、冷たくて美味《おい》しい。それだけ。誰にも無害。

3、ランクC

◆ライラとティナの家までの魔法地図

1、盗賊団のアジトからライラ・ティナの家まで安全に帰れる道が分かりやすく示された地図。

2、現在地が魔法で淡く光る効果。

3、ランクB

「……無害だよな」

作成した水筒を手に取る。

自動補完で有毒にするとかないだろうな、転送術。一応、俺が毒見しておこうか。

「んくっ。ぷはぁ」

……んー、ただの水。でも潤った。

先の戦闘で俺も喉が渇いていたのだと自覚する。ふぅ。

「これ、水ね。水が入った水筒。毒じゃないよ」

鉄檻を開き、彼女達に水筒を渡す。檻は作成した鍵で普通に開いた。

どこでもピッキングできそう。それをするとデメリット効果に引っ掛かるかな。

「水飲んで、落ち着いてね」

「……うん……」

彼女達の家までの地図は……おお？

普通に作成できたな。何でもありか、このスキル。

彼女達の家は割と距離があるように見える。さて、どうしたものか。

「私達を、助けて……くれるの？」

「うん。助けるよ。その為に来た」

水筒を渡されて受け取ったはいいものの、まだ状況が飲み込めてない子供達。

「とりあえず、この檻からは出ておいで。……君達以外にもここで捕まっている子供は居る？」

「……知らない」

「君達と一緒に捕まったような子は他に知らないんだね？」

「……うん。私とライラちゃんだけ……」

「分かった。ありがとう、ティナちゃん」

一応、微笑《ほほえ》んで見せる。さっきは怖がられたけど。

「……あなたは……？」

「俺？　俺は、ゆう、」

勇者って名乗るの、この子達のリスクが高いよな？

なにせアリシア王女は人族主義。

『勇者が亜人を助けて、亜人も勇者様に恩義を……』なんて関係が知られたら真っ先に狙われそうだ。

最終局面で人質にされたりとか。

『魔王となった勇者が亜人達を虐殺した、何故《なぜ》だ!?』みたいな策略に利用されたりとか。

勇者に関係を持つのは、この子達の将来の為にならない気がする。

「俺の名前は……、シノだな。シノっていう名前だ」

「シノ、さん」

二人は身を寄せ合いながら話を聞いてくれる。

「うん。でもまだ盗賊団をちゃんと退治できたか分からない。それから君達の家も遠いから……俺が危険を排除するまで待っててくれる？」

ライラとティナはコクンと頷《うなず》いてくれた。

賢くて強い子供達だ。ちゃんと家まで帰してあげないとな。

「さて、と」

俺は気絶している女盗賊ユーリに向き直る。転送術の指定を、っと。


【装備指定】
◇痺《しび》れ効果の拘束衣
1、『スタンガン』と勇者が口にする事で電気ショックを発生させる拘束衣。
2、電気ショックで死を迎えるダメージは与えられない。
3、ランクA
◇嘘暴《うそあば》きの首輪

1、青い魔法の宝石が付いた首輪。
2、装備者が嘘を吐《つ》くと赤く光り、本当の事を言えば青いまま。
3、ランクA

拘束と、更に。

「…………」

女盗賊ユーリは見た目は美人だ。

いじめがいもありそう。というワケで。


【装備指定】
◇バイブ付きの貞操帯
1、性器と肛門にバイブを挿入された状態の貞操帯。
2、勇者が『振動』と『弱』『中』『強』と唱えると強弱に合った振動を起こし、装備者に的確な性的刺激を加える。
3、人に傷は付けず、痛みは感じさせない効果。
4、ランクC

「うんうん」

「……？」

拘束と言えばこれだよな。彼女の動きも鈍らせる事が出来るし。ぐへへ。


【持ち物指定】
◇ゴーディー盗賊団のアジトの魔法地図
1、ゴーディー盗賊団のアジト地図。
2、罠がある場合、内容と回避の仕方を詳しく乗せてある。
3、現在地が魔法で淡く光る。
4、ランクB
◇ゴーディー盗賊団・構成員リスト
1、ゴーディー盗賊団全メンバーリスト。
2、アジトに出入りする盗賊団以外の人物も記載されているリスト。
3、ランクA

「これでヨシ！」

何がヨシなのか知らないが。

だがエロは外せない。

中身が悪女でも見た目だけは良い女が居る限り、エロは外せないのだ、転送術発動。

「うぅ……」

女盗賊に着せた【痺れ効果の拘束衣】は長い袖のある腕を腹側に回し、その袖を鎖で結んで上半身の自由を奪うような形だ。

そしてアジトの地図と構成員リストをゲット。

「……ふむ」

構成員リストに目を通す。ゴーディー盗賊団のフルメンバーは11人。

おお、すでに全員制圧済みだった。

「王女ミッションはひとまず達成かな？」

しかし王女や騎士団長《きしだんちょう》以外に頼る当てのない俺に、亜人の彼女達を無事に家に帰すというミッションが追加された。

それも可能であればアリシア王女達の勢力には気付かれずにだ。

でなければ彼女達をいつか事件に巻き込むかもしれない。

「んっ……ぐぅ……」

ユーリが意識を取り戻そうとしている。

装着された貞操帯の刺激のせいかなー？

転送術でバイブを挿入済みで装備させられるんだー？

ふーん……？　エロいじゃん。

アリシア王女に今後襲いかかるフラグが増えたな！

9話　盗賊団退治

「ティナちゃん、ライラちゃん。君達を助けるつもりではあるんだけど」

「……うん」

俺は拘束した女盗賊ユーリから子供達に向き直る。

「俺の仕事は、君達を誘拐して酷《ひど》い事をした人達に……残酷な事をしなくちゃいけないんだ」

子供達は分かってくれるかな。

「……やっつけてくれる……の？」

キツネ耳のティナちゃんが、ウサギ耳のライラちゃんを庇《かば》いつつ俺に問い返す。

「うん。ただ、やっつけ方がね。大人が動物を狩りしてたりしないかな？　つまり血がドパって出たりする仕事なんだけど」

つまりグロ注意だ。子供には見せられないよ！

「……お父さんが狩りをしてる……」

ライラちゃんが小さな声で答えてくれた。

「うん……。そういうの、見た事ある」

ふむ。狩り耐性はあり？　亜人だし？　半分は獣っていうか。これだと差別になるのかな。

異世界人の俺は『やーい、この闘気なし野郎～！』と罵倒される奴《やつ》。

闘気の読み方をタマとか言われたら戦争である。

「じゃあ、この人達を『狩り』して血がドパって出たりしても平気？」

俺の発言に対し、ティナちゃんがライラちゃんを庇う。

「へ、平気……です。助けて……くれるなら……」

庇われながらもライラちゃんは答えた。

「……うん……。ライラちゃんの言う通り」

「そう。ありがとう」

では、まず俺の今の状況と目的を確認。

ミッション・クエスト表だ。
1、アリシア王女ミッション『一週間で盗賊団を単独撃破せよ』クリアー。

2、アリシア王女ミッション2『彼らが盗んだ魔石を奪取せよ』。
3、亜人の子供達を無事に家に送り届けよ。
1については一週間どころか初日撃破だ。

特別ボーナスを貰《もら》いたい。王女とのセッ……スキル解放をしてくれ。

2は、盗賊退治後なので王女達を応援に呼ぶのはアリ。

魔石の確認をしておきたいが、ユーライが『魔石と子供達をセットで取引』とか言ってたよな？

このままでは子供達の危険が去らない可能性がある。

元々、誘拐事件は勇者とは無関係に起きていた事件だし。

3だが、彼女達と俺との繋《つな》がりを王女陣営に知られたくない。

知られた場合は子供達に理不尽な事が起きる危険性がある。それはダメだろう。

「まず安全と盗まれた魔石の確認。それから」

今後の為《ため》に色々なスキルの実験をしたかったんだ。

その実験ができる環境が目の前にある。

特に女盗賊ユーリからは色々とデータを取りたいところ。

……でも子供達をそれに付き合わせるのもな。

「あれ？」
俺は監視画面でユーライの姿に目を移す。
切り落とした左手の傷が塞がっている？　彼の左手は黒く変質していた。
……何あれ、キモい。
死者達の魂はまだ消えていなかった。
彼に殺された死霊達が彼を死なせないように呪いを掛けるのかもしれない。
それがあの止血はするけど変質させた左腕？
うらみはらさでおくべきか。
「うっ……ぐぅ……ぅぅ……!!」
女盗賊ユーリが痺《しび》れる身体を動かそうともがき始めた。意識を取り戻したようだ。
テイザーガンを……げっ、テイザーガンの紐《ひも》の巻き取りってどうやるんだ？
武器自体は生み出せるが、その構造や正確な使い方が分からん！
銃器系の武器って生成してもメンテナンス問題にぶち当たるよな。
スキルを乱発できるなら使い捨てで構わないが今は無理だ。
メンテナンスをしない銃を使い続けるのは良くない。事故に繋がるだろう。
下手に現代兵器を使うとアリシア王女が『あら、使えますわ！』とか言って王国で量産化。

そして矛先を向けられるのは悪しき異世界人の俺。はい、バッドエンドルート。

……使えない武器や残しておけない武器・アイテムは壊すべし！　証拠隠滅は正義だ！

テイザーガンの紐を雑に巻き取り、回収。使用は不可。あとでまとめて処分しよう。

ゆうしゃは【盗賊退治のテイザーガン】を失った！　デロデロデロン。

「ぐっ……ぐぅう、アンタ……誰よ……」

女盗賊ユーリが喋《しゃべ》れるまで回復した。じゃあ、とりあえず。

「『振動：中』」

「くっ……ふ!?」

彼女は前と後ろにバイブのある貞操帯を着けている。

拘束衣のデザインは気の利いた自動補完でスリット入りのロング。

ロングなチャイナドレスの下半身部分みたいな、そんな感じ。

スリットからはエッチな貞操帯をお召しになっているのが見学できた。

子供達がすぐ近くにいるのに、なんて下品な格好をする女なんだ、まったく！

おこだよ！　彼女にそれを着せたのは誰だ！　俺だ！

「な、何っ……これ……!?」

「そんな格好して変態かよ、ユーリお嬢様？」

「くっ、この格好、何なのっ……」

今気付いたがこのバイブって『止める』という設定がないな。

つまり動かしてしまった以上はずっと振動したまま。

これは設定時の『抜け』だな。てへ！　勇者、失敗しちゃった。

「お前らが奪った魔石を奪い返しに来てな。ギルドの仕事だよ。ダズリー達から聞いてないか？」

「はっ、んっ……。冒険者ですって。よくもこんなところまでっ……！　パパが黙っていないわ！」

おっと、パパが黙っていないをいただきました。

女盗賊ユーリは下半身をもじもじさせながら毒突く。

「ハハハ！　そのパパは上で寝てるぜ、お嬢様！」

盗賊もかくやという悪党笑いをしてみる俺。

後ろには守るべき子供達がいるワケだが、好感度の上下は気にしない。

「なっ、パパが……あんたみたいなガキに負けるワケないでしょっ……んっ！」

最後の『んっ！』の時、腰をビクッと跳ねさせた辺り、女盗賊は感じている様子。

とてもエッチでよろしい。

「こうしてアジトの奥まで侵入されてる時点でお察しだろ？」

「なっ……」

勝ち誇る俺に驚愕《きょうがく》の表情を浮かべるユーリ。

「パパが負けたって言うの……!?」

「ああ。俺が倒して上で拘束している」

「そんな筈《はず》……あんたみたいな弱そうな奴に!!」

弱そうねぇ。

初見殺し技の連発で追い込んだのにユーライは手痛い反撃をしてきたのだ。

俺との実力差はかなりあったのだろう。

だがそれでも勝ったのは俺だ。

「ユーリさんさ。あんたパパのこと好きなんだ？」

「あんたに関係ないでしょ！」

「あるだろ？　今、大事な問題と密接な関係が」

「はぁ？」

はぁ、じゃねぇよ。

「……お前、この子達に何させようとした？　友達同士で殺し合わせようとしてなかったか？」

10歳ちょい程度の子供を誘拐してきて『家に帰りたければ友達を殺せ』とこいつは言ってやがった。

子供達が入れられていた檻《おり》の中を見る。

そこにはナイフが転がっていた。……これは冗談では済まされない。

「はぁ!?　それがどうしたってのよ！」

「それがどうしたと来たか。今までも似たような事してきたのか、お前？　友人や家族を誘拐して閉じ込めて『生き残りたければ、それを殺せ』と」

「あんたに関係ないわ！」

「あるから聞いてんだよ。同じ事をしてきたのか今回が初めてか。答えろ」

凄《すご》む俺を睨《にら》みつけながら逡巡《しゅんじゅん》するユーリ。

「……そんなのしてないわ！　その子達が初めてよ！」

そうユーリが言った時、【嘘暴《うそあば》きの首輪】の宝石が赤く光った。

こいつは誘拐してきた者達に『デスゲーム』を強いた事がある。ビンゴ。

ならば彼女に対して【即死魔法】に関わる実験をしても呪いは返ってこないだろう。

貴重な実験台《モルモット》だぞ、この女！

「そうか。やってきたんだな。ありがとう、お前が悪女《クズ》で助かる、ユーリ」

「なっ……何言ってるのよ！」

「『振動：強』」

「はんっ!?」

ヴィィ！　と振動音が鳴り響く。

「くっ、あっ、や、やめ！」

カクカクと腰を揺らす女盗賊。

うんうん。感じてる感じてる。ふへへ。

「はぁ!?　んっ、んっ！　こ、これ、あんたがやってるの……変態っ……！」

「はいはい。変態にそうして感じさせられてるお嬢様も変態ですよ」

「ぐっ……、誰が感じて……、ふっ、ふっ……や、何っ、これ」

下半身に与えられる刺激から逃れようと腰をくねらせる彼女。

腰つきがエロい。お尻でも感じるタイプかなぁ。

やはりデスゲームをするならエロとグロが必要だよな。

「ぐっ……今すぐ、これを外しなさい……よ……！」

「闘気を込めて暴れれば、その拘束は簡単に解けるぞ？　或《あ》るいは魔法を込めれば余裕で解ける」

　嘘だけど。俺は子供達を庇うように前に出ておく。

　さて、異世界人の力は魔道具の強度を上回るのか？

「くっ……ぅぅ、はっ、あっ、あっ、んっ、」

　ユーリは抵抗しているが拘束が解ける気配はない。

　この状況で拘束を解けるなら解くよな？　自分が辱められているんだし。

「あっ、や、これ、早く外しなさい、よ！　んっ！」

　ユーリの額には汗が浮かび、うつ伏せの状態からこちらを睨み上げてくる。

　足の方はピクピクと小刻みに揺れ、バイブ付きの貞操帯に翻弄されていた。

「拘束を解いて欲しいのか？」

「は、早く解きなさいよ……！　んっ！」

「分かった。それは魔法の拘束衣でな。お前の父親の前に行かないと外れない魔術が組み込まれているんだ。だから大人しく付いてこい」

　これまた嘘だけど。現状を見るにユーリの力より拘束衣の方が強いか？

「ぐっ……くっ……パパの前……？」

「そうそう。お仲間の盗賊団員も揃《そろ》ってるよ」

俺は、ユーリの拘束衣の背中部分にあるベルトを掴《つか》み、無理矢理に立たせた。

「うっ……くっ……!?」

立たせると余計に彼女の中をバイブが刺激する。

「はぁ……っ、くっ」

悔しそうな表情を浮かべながら、頬を染め、涙目になっている女盗賊。

気持ち良さに抗《あらが》えない、みたいな。おお、エッチ。いいぞ。恥辱って感じで。

「さっきの痛かっただろ？　実は、その拘束衣は条件を満たさずに脱ごうとすると、さっきお前を失神させた衝撃が来るように魔術を組んであるんだ」

「くっ、ふっ、な、何ですって……」

微妙に嘘だが。

「罠に嵌《は》まらなかったな、ユーリ。その拘束衣を勝手に脱いでいたら、お前はまた無様に失神してたよ」

完全に俺が優位な立場だと分からせていく。

「くっ……最低……このっ……クソ野郎！」

「お前に言われたくない」

ま、これから俺も同類に堕《お》ちるワケだが。

せいぜい楽しく地獄に堕ちようじゃないか。

「『振動：弱』」

「んっ……ふぅ……はぁ……」

振動が弱まり、ユーリは身体を弛緩させる。

「『振動：強』」

「ふぐぅ!?」

油断させてからの強振動を与えたら、ユーリはビクンと背中を反らせた。

「気持ちいいか？　ユーリ」

「くっ……やっ、今、だめっ……！」

弱い男に手玉に取られ、感じさせられる強気な女盗賊。

見た目が良い悪女なのがポイントだ。

カクカクと膝を震わせ、内股になっている。

スリットの隙間から足に愛液が垂れていくのが見えた。

「んっ、んくっ、は、あっ、あっ」

喘《あえ》ぎ声を漏らしてしまう女盗賊ユーリ。

エロいなぁ。我慢できないぜ。ぐへへ。

「あの……？」

「ああ。このお姉さん、変態だから気にしないで。君達にあんな酷い事をしたんだ。そういうおかしな人なんだよ。君達は関わっちゃダメだからね」

「う、うん……」

そのままベルトを掴んで無理矢理にユーリを歩かせつつ、バイブの強弱を変えていく。

「はぁ、やめ、歩けない、からっ、んっ！　これ、だめっ……なのっ」

「だーめ。そのまま歩け」

「くっ……！　うぅぅ」

女盗賊が開いた口から糸の引いた涎《よだれ》が垂れる。

快感を得ながら歩かされる屈辱と官能。堪《たま》らないね。

「んっ、ふぅ、んっ……やめなさっ……あっ！」

ビクン！　と、背中を何度も仰《の》け反《ぞ》らせるユーリを引き連れ、階段を上らせた。

「君達は扉の近くに待機していて、何かあったらすぐに大声を上げて」

「……部屋に入ったら……ダメなの？」

「中に幽霊がいるから」

「幽霊……？」

「はぁっ……何言ってるワケ？　バカじゃないの、この変態っ……！」

「そう言ってられるのも今の内だ、変態盗賊」

「くっ……！」

子供達は部屋の外に残したいのだが。不安なのか、そのまま付いてきてしまった。

「きゃっ！」

「ひっ……!?」

そして盗賊ユーライにまとわりつく死者の魂を目撃する。

「なっ……何なの……？」

ユーリもまた驚愕していた。

「お前の父親が今まで殺してきた人達の魂らしいぞ。一人、人の形を保っている人が居るだろ。……あの女性に見覚えがあるんじゃないのか、ユーリ」

「あ、ま、ママ……？」

『……ァァァァア……！』

やはりアレは彼女の母親だったか。

かつて理不尽に殺されたであろう彼女の母。

その魂は娘の姿を見て悲鳴を上げる。

「ほらっ」

「きゃっ！」

死者の魂を纏《まと》うユーライの所へユーリを突き飛ばした。

「ま、ママ……」

ユーライの傍《そば》で立ち上がる事も出来ず、死霊となった母の姿を見上げる女盗賊ユーリ。

「はぁ……ユーリぃ……ぁあ……」

「パパ！　その左手どうしたのよ！　あんな弱そうな奴に負けるなんてだらしない……！」

「ぐっ、知らねぇ……くそ！　いい加減にしやがれぇ……！」

盗賊の頭《かしら》ユーライは冷や汗に塗《まみ》れ、衰弱している。

怪我《けが》のせいよりも呪いの影響だろうか。

【因果応報の呪い】って別に死者の魂と向き合わせて反省させるとかの効果はないんだな。

ただのダメージ付与スキルらしい。

他の盗賊団員達の拘束が外れている様子はなかった。よし、問題なさそうだ。

子供達は、呆然《ぼうぜん》と幽霊に視線を向け、身を寄せ合い固まっていた。

……俺がトラウマを増やしている気がするな。

「さて。ユーライさん。このままアンタを殺す事が出来るワケだけど」

「て……めぇ！　何者だ、こらぁ！」

「ダズリー達から聞いていないのか？　盗賊団の討伐依頼を受けただけの、ただの冒険者だよ、俺は」

「ぐう……!?　冒険者だ!?」

口枷《くちかせ》をしたままのダズリー達だが……そう言えば彼らには認識阻害系の装備を付けていたな。

俺が見えていないのか。反応が変だったもんな。

ヘアピン型だから……これか。２人から認識阻害アイテムを剥《は》ぎ取《と》り、一応、潰しておく。

俺の姿を見た彼らは目を見開いていた。

「よぉ、ダズリー。魔物寄せのせいで俺が魔物に殺されたと思ってたか？『針よ、燃えろ』」

「んぐっ!?　んん!?」

事前に付けていた【燃える針】が燃え始めた。

やはり口頭命令形は声認識で反応する自動補完なのか。

「んんんっ!!」

突然に燃え始めた自らの右手の火を消そうと必死にジタバタともがくダズリー。

ヘンリーに焼かれた分はこれで返したな。よしよし、俺は根に持つタイプだぞ。

「ユーライ。今までお前が殺してきた連中の魂がこのまま行けばお前を呪い殺す。因果応報で苦しんで死ぬんだ。だが助けて欲しいか?」

命乞いをするなら一考しなくもない。だが。

「ぁあ……!?　はぁ……てめぇ!　てめぇええぇ!　絶対に赦《ゆる》さねぇ!　てめぇええ!!!」

盗賊団のボスだけあって彼は気合が入っていた。

「そうか。じゃあ、ユーリお嬢様?　あんたの母親が父親を殺す呪いと化しているんだ。もしかしたら娘が願えば止《や》めてくれるかもしれないぞ」

「はぁ……んっ……ママ!」

シリアスな場面なのにユーリはバイブで責められ続けて腰をひくつかせている。

これは笑っていいのだろうか。いや犯人は俺だが。

「いい加減にしなさいよ!　死んだくせにいつまでも!　パパを解放しなさい!!」

そう、ユーリが言った瞬間。

『――■■■■■■■――!!』

「ぐぅぅ! うぅぅぅあああああ……ぁああ!」

彼女の魂はその姿を失ってしまった。他の死者達の魂と同じように不定形な姿へ。

「パパ!?」

……呪いが強まった? ユーリの母の恨みが強まったのか?

彼女は生前、娘だけは信じていたのかもしれない。

俺は死者に余計な絶望を与えてしまったのだろうか。まぁいい。

「死者達はユーライを赦さないそうだ」

「くっ……あんた……!」

改めて盗賊団員達の悪行を確認していく。だいたい似たような悪行持ちだな。

陵辱とかの因果応報って何になるんだろ。

別にきっちり報いを与える必要は俺にはないけど。

例えば男共の肛門から体内を進んでいくミミズとか?

あ、生物って指定できるかな。やってみよ。

女性への暴行系の悪行持ちをターゲットにして、と。

【持ち物指定】
◇魔法生物
1、肛門から痛みと共に入り込み、腹の中に卵を1個産み付けるミミズ型の魔物。
2、産みつけた後、死亡する。
3、ランクF
怖いのでとりあえず最低ランクを指定しておく。だがしかし。

——※生物の指定はできません。

と、俺のステータスに表示された。

明確に転送術の指定を弾《はじ》かれたのは、これが初めてだ。

そうか。生物系は無理なのか。装備枠と持ち物枠だしな。

食べ物はどうなんだろ？　肉は生物のなれの果てだが、そうなるとそれは『死体』を持たせている事になる。

上手《うま》く利用すれば『死体はフェイク◇』とか出来るよな。

死んだフリ作戦が使えるのはデカいぞ。

【持ち物指定】
◇ダズリーの死体
1、ダズリーの死体。
2、その偽物。
3、ランクF

どうだ!?
——※【持ち物指定】は手に持てるサイズの物しか指定できません。
また制限に引っ掛かった!
そうなの？　そう言えば、そんなに大きな物を持たせた事はなかったっけ。
じゃあ、生首とかは？

【持ち物指定】
◇ダズリーの生首
1、切り離された盗賊ダズリーの生首。
2、その偽物。
3、ランクF

——※人体を【持ち物指定】に指定する事はできません
……これまたそうなの？
転送術自体、ターゲットが3人まで制限だもんな。
人体指定できたら一度の転送で多人数を運べる事になる。
そもそもサイズ制限があるのかな。

【装備指定】
◇大きくて無害な風船
1、できる限り大きく膨らんでいく風船（人体を包んだ状態）。
2、最大に膨らむまでは割れない効果。
3、割れても大きな音は発生させず、誰に対しても無害。
4、風景に溶け込む色・模様。
5、ほんの少しだけ宙に浮く。
6、風には、ほぼ飛ばされない効果。
7、ランクS
【場所指定】地球・砂漠・誰も目撃者が居ない場所。

これで盗賊団員に転送術を発動。

映し出されたのは、どこかの砂漠の光景だった。

やはり何処《どこ》でも送り付けられるのか。

監視映像の中で風船が浮かんでいる。

大きな風船だ。大きいは大きいのだが……。

「……人のサイズからそう大きく出来ない？」

あくまで『装備』だからか。

じゃないと装備指定に『施設』とか出来るしな。

「な、何……なの!?　人を消した……!?」

ユーリが転送術使用の光景に驚いている。

あとは……第6スキルを停止できるか。

「【因果応報の呪い】よ、ユーライに呪いを掛けるのを止めて欲しい。別の手段で彼にたしかな末路を与えたい」

相手は死者といえど、多くは尊厳ある人だったと思う。

お願いする立場を取ろう。呪われたくないし。

『『『■■■■■■──』』』

おお？　なんか死者達の魂が薄らいでいってる？

若干こびり付いている者も見えるが……時間の問題だろうか。途中停止も可能、と。

「ユーリ。ユーライ。今からお前達がしてきた報いを受けて貰う」

「はぁ……!?」

俺はニィっと悪どく笑った。勇者がする顔ではない感じに。

「ユーリが死ぬか、ユーライが死ぬか。これはお前達に対する因果応報だ。人の命を使った実験をさせて貰う」

ユーリには【即死魔法】を放つ魔道具を。

ユーライにはそれを反射する魔道具を持たせる。

ただし、その性能が再現されるかは不明。

……悪党の命を使ったデスゲームを行う。

勇者の道を踏み外してしまうな。正統派勇者、終了のお知らせだ。

ま、今更だと思うけど！

10話　悪辣親子に因果応報《デスゲーム》

「んくっ、何をワケ分かんない事を……」
二穴バイブ美女・ユーリが何か言っているが無視をしてと。

【ターゲット】ユーリ＝ゴーディー
【装備指定】
◇貞操帯：追加指定
1、『停止』を唱えると振動が止まる。
2、ユーリの性感をより促す動きになり、サイズも調節される。
3、転送後、バイブが『自動刺激モード』に変わり、装備者の絶頂を促すよう強弱の振
動を繰り返し続ける。
◇死体焼きのベルト
1、装備者が死亡した際、異世界への死体の帰還が叶《かな》わない場合、その死体を焼き尽く

すまで燃える。
2、ただし装備者とその装備品・持ち物以外を焼く事はない。
3、ランクC

【持ち物指定】
◇即死魔法の杖《つえ》
1、魔王が使う即死魔法を再現する杖。
2、ただし、ターゲットに出来るのはユーライ＝ゴーディーのみ。
3、即死魔法を放つ為《ため》に必要なリソースはすべて女盗賊ユーリ＝ゴーディーから搾り取る。
4、発動するには『即死魔法発動』と杖に触れながら唱える。
5、または一度、絶頂する事で強制的に発動する。
6、ランクS
◇ユーリの書
1、ユーリに与えられた装備・持ち物によって生じる彼女の変化を細かく記す魔法書。
2、状態が変わる度に勇者に必要な情報が詳しく書き込まれる。
3、彼女の身体から離れても状態を書き記し続ける。

4、ユーリ自身に見えるステータス詳細を動画のように映す効果。
5、本のカバーに鎖が付いており、鎖でユーリに繋《つな》がれている。異世界に帰還しなければ取り外し不可。
6、ランクA
【目的指定】：以下のいずれかの条件を満たすこと。
・即死魔法でユーライを殺す。
・ユーリ自身が死亡する。
・即死魔法の即死効果が不発に終わる。
・即死魔法使用後30分が経過する。

「……これで」

更に【メッセージ】にルールを添付する。

【即死魔法の杖】を親に自発的に使うか、絶頂と共に強制で放つかのエロデスゲームだ！

ユーライには【即死耐性の鎧《よろい》】を装備させ、【目的指定】は娘のユーリとほぼ同じ。

【場所指定】もユーリと同じ場所を指定。

対魔王を想定した即死魔法実験スタート。

――キィイイ。

「っと」

そこで風船を装備させた盗賊が魔法陣の発生と共に異世界に帰還した。

家具にぶつかり、パン！　と音を立てて風船が割れる。

「なによ……!?　一体何なのよ、あんた……！　はっ、く……！」

起きている現象を理解できない女盗賊ユーリが、俺を睨《にら》み付《つ》けながら罵《ののし》ってくる。

その頬は赤く染まり、既に身体は出来上がっている様子だ。

「俺は魔法の研究者でな。お前達が奪ったらしい魔石が欲しくて来たのさ。そしてあんた達はその魔法の実験体だ」

勇者、研究者になる！　これまた嘘《うそ》ですが。

「はぁ!?　てめぇ……まさか、メイリアの手先か！　あの女、俺を裏切りやがったのか！」

「はぁ？」

メイリア？　なんか聞き覚えがあるんだが誰だっけ。

「そうだよ。よく分かったな。俺はメイリア様に指示されてお前らを始末しに来たんだ。冒険者ギルド会員とは名ばかりの男さ！　ハハハハハ！」

よく分からん話に全力で乗っかっていくスタイル！

これでアリシア王女の名誉は守ったぜ！　守ったのか？

「クソが！　妙な魔法を使うと思ったらそういう事かよ！　クソ！　クソが!!　なんで大人しく待たねぇ!?　なんで裏切りやがった！　すぐに亜人共だって魔石と一緒に運ぶ手筈《てはず》だったんだ！　多少の遅れぐらい問題ねぇだろうが!!」

「問題あるかどうかを決めるのはお前じゃないんだよ！　メイリア様だ！」

事情はよく知らないけど！　悪いのはこいつだ！

「パパ？　どういう事、何なの、こいつ……んっ……」

うん。どういう事なの、パパ？　メイリアって誰？

「……フ。ユーリお嬢様が何も知らないとはな。別に事情を話してやって良いんだぜ？　そのぐらいの時間はくれてやろう」

というか、俺にも教えて。

「くっ……。このガキは……メイリアの手先だ。そこの亜人共の売《う》り捌《さば》き先だよ！　あの女、いつも亜人共を卸してやってる恩を忘れて、裏切りやがったんだ！　クソ！」

なんだそりゃ。亜人奴隷の出荷先か。悪い奴《やつ》もいたもんだ。

「メイリアって……」

「ハハハ！　変態のユーリお嬢様は、メイリア様の事も知らないのか！　とんだバカ女だな！」

俺も知らないけどな！　ハハハ！

「バカにするんじゃないわよ！　メイリアぐらい知っているわ！」

あ、知ってるの？　ごめん。バカって言う方がバカだった。

教えて！　ユーリさん！

「ハッ！　知ったかぶりじゃないのか？　なにせ、恥ずかしい格好したユーリお嬢様だ。無知でもおかしくないよなぁ！」

「くっ、この……くっふぅ！」

黒髪美女が貞操帯を着けられて性的に感じながら浮かべる悔しげな表情。

ぐへへ、堪《たま》らないぜ。

「ふざけないでっ！　メイリア＝ユーミシリアぐらい私だって知ってるわよ！　……く、んっ……」

メイリア＝ユーミシリア。

それが亜人誘拐の黒幕？　盗賊団に誘拐させて……って、待て。

それ、魔石を奪われた今回の被害者、俺の魔法講師役の名前じゃねぇか！

どういう事だ？　魔石盗難は自作自演って事？　何の為に？

「……フン。知ってるなら話は早い。じゃあ、メイリア様がお前達を裏切った理由ぐらい……察してはいるんだろうな？」

全然知らないけどメイリア様の手先になってみるテスト。

「知るか！　どうせ、あのクソ変態女の事だ！　とうとう人間を実験に使おうって乗り出したんだろうが！　んで、今度は俺達を実験台にするってんだろうが！」

「実験台？」

女魔術師メイリアってたしか魔法の研究者だかって触れ込みだったよな。

その女が変態呼ばわりで、人を実験台に？

さらに亜人の売り捌き先で。

俺のスキルを見た上で自分達が魔法の実験台にされると聞いて納得？

……凄《すご》い嫌な予感がするんだけど！

マッドサイエンティストが亜人で人体実験をしているんじゃないか？

王女様はなんて奴を勇者の魔法講師にするつもりだよ！

「…………」

俺と盗賊達のやり取りを見ている子供達の目が冷たい。

このままメイリアの手先と思われたままだと子供達の信用を失くしそうだ。

そうすると彼女達が魔物の蔓延《はびこ》る森に逃げていき、子供達デッドエンド。それは良くない。

「ハハハハ！　ばーか！　メイリアなんて女は知らねぇよ！　よくもベラベラ喋《しゃべ》ってくれたなぁ！　今聞いた話は冒険者ギルドと亜人達にすべて報告させて貰《もら》うぜ！　ソフィア王女様にも伝わるかもなぁ！　ハッハッハ！」

「なんだと!?」

「何ですって!?」

勇者の手の平ぐるんぐるんだ！　コロコロと立場を変えてやるぜ！

「最初から言ってるだろうが。俺はただの冒険者ってさ！　盗賊退治と誘拐された子供達を救出しに来ただけだ！　俺はソフィア王女様派の人間でな。つまり人族主義《ひとぞくしゅぎ》とは正反対、亜人達とは仲良くしましょう派閥の人間だ！」

さらりと子供達に取り入っておいてー。

「俺がそのメイリアとかいう女の手先だったら亜人の子供達を助けになんか来ないだろ、まんまと騙《だま》されて話してくれたぜ！　ハハハハ！」

チラっと、ライラちゃんとティナちゃんに視線を向ける。

ちょっと警戒色強め。でもホッとした感じ？

よし、ギリギリでフォローが間に合ったぞ！　間に合った筈だ！

「メイリアに送る予定だった魔石をあんたらは奪った。だがそれは最初から決まっていた話で、魔石と亜人達は一緒にメイリアに渡す手筈になっていた、と」

「ぐっ……」

なんで商人にそのまま魔石を運ばせないんだ？

亜人の取引が違法だとして、盗賊達にはそれだけやらせれば良いだろうに。

……魔石って高価なんだったか。

商人から買い取るより盗賊から買った方が安上がりとか。

それはリスク高過ぎない？

盗賊団が知ってるネタがヤバ過ぎて盗賊に脅迫されかねない。

若く美しい女魔術師が脅迫される展開……それは唆《そそ》るな。

「今までお前達が捕まえてきた他の亜人達はどこだ？　それもメイリアとやらに引き渡してきたのか？」

「チッ……！　誰が教えるか！」

これ以上は話しませんてか。しかし、この国の闇の部分が出たな。

俺にとっては初めからクソ異世界だったが、亜人達にとっても大概らしい。

「他の亜人の行方を話さないならお前は死ぬ事になるぞ」

「ハッ！　どうせ殺すつもりなんだろうがよ！」

ほう。覚悟決めてんな、ユーライ。流石《さすが》は盗賊団のボスだ。

じゃあ、その覚悟に応えてやろうじゃないか。

――第3スキル【異世界転送術】発動！

「なっ!?」

「きゃっ!?」

魔法陣の発生。そして地球のどこかの室内へと転送される悪辣な親子。

女盗賊は性的刺激に耐えられなければ、実の父親を殺す事になるデスゲームのスタート。

「どうなるかなっと」

監視画面の向こうの女盗賊の姿をしっかりと鑑賞させて貰う。

ユーリに着けている貞操帯は追加効果により彼女を的確に責め始めていた。

『んっ、くっ！　んぅ!?』

彼女は拘束衣により両腕をまともに動かせない。

下半身も刺激を受けていて立つ事が出来ず、床に転がったままの姿だ。

『はぁっ、これ……！　急に！　くぅ！　あっ』

女盗賊ユーリはビクビクと腰を震わせ、感じている様を見せてくれる。

『ぐっ、何だってんだよ……！　おい、ユーリ！』

ユーライもまた拘束が解けず、それに【因果応報の呪い】の影響でぐったりとしたままだ。

「まぁ、どの道、部屋から脱出しても意味がないけど」

彼女達が居るのは地球なのだから。

『ふぅ！　くっ、あの男、こんな、変態みたい、な……！　ふざけないで、絶対……！くっぅう！』

ユーリは顔を真っ赤にして快感に耐えている。

気に入らない俺の力によって感じさせられる事が屈辱なのだろう。

快感に耐えようとする美女の姿は凄くエロくて良い。

あの様子だと、メッセージに残したデスゲームのルールに気を向けるまで時間が掛かりそうだな。

「それじゃあ今の内に、だ」

こっちはこっちでスキルの検証をしておくか。

こんな機会と時間は滅多にないからな。

今後の為にもやっておくべきだろう。


【装備指定】
◇サイコキネシスの腕輪
1、サイコキネシスを使えるようになる腕輪。
2、ランクB

これで俺も超能力者に！　と思って作ったのだがうんともすんとも言わない腕輪ができた。

特に作成不可として弾《はじ》かれるワケでもない。

『普通に機能しない』という一番困るパターンだ。

原因不明か。どうしたものかな。

いや、『原因を説明するアイテム』を作れば良いか？　よし、再チャレンジ！

【持ち物指定】
◇サイコキネシスの腕輪についての詳細レポート
1、【サイコキネシスの腕輪】の性能・効果について詳細に書かれたレポート。
2、サイコキネシスを使う場合、何が必要なのかも詳細に書かれている。
3、またサイコキネシスを使えない場合、何が原因かも詳細に書かれている。
4、ランクS

これでどうだ？

『1、サイコキネシスの腕輪という名前をしているだけの腕輪。強度は並。素材も並。
2、サイコキネシスを使う事は出来ない。
3、そのような効果を付与する道具は、勇者のスキルでは生み出せない』

……との事だった。
無理だったら最初から生成段階で弾いてくれよ。説明が足りてないぞ。
生み出せない装備とかあるのか。今まで作ってきたものと一体何が違うんだろうな？

アリシア王女のロックが関係しているとか？
勇者が脅威的な力を振るえないようにするのが【王女の心の鍵】だと。
それじゃあ、次だ。

◇王女の心の鍵の詳細レポート
1、【王女の心の鍵】についての詳細レポート。
2、勇者がどんな制限を受けているのかについて細かく書かれている。
3、また【王女の心の鍵】はどのようにして解放するのか詳細が書かれている。
4、ランクSS

ほい！

『1、勇者召喚の儀式に組み込まれたスキルのロック。
2、勇者のスキルをロックしている。
3、アリシア王女が勇者を心で認める事で解放される』

……既存情報しか反映されない！

情報にロックが掛かっているのか。

自動補完で『俺が知っている事』以上の情報が出てこないのか。

今のところ、アリシア王女の任意か、夢や現実でセックスしてイカせるしか打つ手がないぞ。

王女も後半については不本意に違いない。

スキルロックなんてするから、もー。困った俺の彼女だ！

◇【異世界転送術】についてのレポート
1、転送術で作成できない装備・持ち物の定義を詳細に記されている。
2、ランクSS

教えて、転送術先生！

『1、詳細は不明』

……舐《な》めてんのか！
その後もあれこれと試してみるが中々に困ったスキルにロック仕様だ。
おのれ、アリシア王女め。もっと使いやすい力を寄越せ。
……くそ。仕方ないな。
黒髪美女の痴態でも見て、一旦落ち着かせて貰おうか。
これもまた今後、アリシアを責めるのに参考になるかもしれないしー。
『はっ……んっ……うっ！　ぁあ、あんっ、あっ！』
監視映像の向こうで身悶《みもだ》え、喘《あえ》ぎ声を上げ始めている女盗賊。
『おいユーリぃ……！　何なんだ、これは！』
『だ、黙ってよ、パパ……こんな……最低っ……！』
上半身は腕を自由に動かせない拘束衣。
下半身はスリット入りのロングスカート。
スリットの隙間から貞操帯がチラ見出来る素敵デザイン。
――ヴィイ、ヴィィン！　と振動音が聞こえた。
『くっ！　んあっ!?』
『ユーリ!?』

ビクンビクンと身体を跳ねさせる彼女。

『あ、はぁ、だめっ』

ユーリは既にステータスに記されたルールを見たのだろう。

俺のスキルを見て不可思議な魔法だと考えている。

本当の事なのか、絶頂を迎えれば自分は父親を殺してしまうのか彼女には分からない。

ていうか仕掛けた俺にも分からない。

『はぁん……！　んっ……！　これ、なんでこんな……的確に動いて……！　あっん！』

汗をびっしょりとかいて真っ赤に頬を染めているユーリ。

ビク、ビクと小刻みに身体を反応させていた。

死の間際だからこそエロい。官能的だな。

『何なんだ、おい！』

ユーライにもメッセージは送っているが確認はしていないらしい。

快感に耐えながらもユーリは父親に説明する。

『はぁ……。はぁん……。ま、魔法の杖？　を使うと……私かパパが死んじゃうって……』

『ああ!?　んなワケねぇだろうが！　あの野郎！　どこに行きやがったんだ！　ぶっ殺し

てやる！』

その野郎が居るのは残念ながら異世界だけどな。

そこからじゃあ手が出せまい！　フハハ！

『でも、こんな……ワケも分からない事を出来る奴が……ぁ、あっ！　なんっ……強くしないで、そこ擦《こす》らないで……！』

ユーリは俺の力を過大に評価しているらしい。

父親よりも賢そうだな、彼女は。

性格が悪いけどバカではない美女だ。

『うっ、くぅ！　んっ、はぁ、だめ、これ、ダメよ、んっ……！』

ユーリが性的に昇り詰める事は時間の問題だった。

かなり限界が近い様子で、無意識にお尻を突き出してしまっている。

形の良いヒップラインが浮き上がり、前後に小刻みに動かしてしまう女盗賊。

『だめっ、だめっ……！』

俺の力を警戒しているからこそ、彼女は長く性器と肛門の刺激に耐え続けるしかなくなっていた。

他に手がないかと探ってもいるのかもしれないが、そんなものは見つからない。

『ぁっ、あっ、あっ、あんっ！　はぁ……んんっ！　待って、どんどん強くなっ……！

今、強めちゃダメ、絶対にダメっ、そこ気持ちいいところだからダメッ……！　あんっ！

あんっ！　やっ、あっ、』

段々と余裕がなくなってくる彼女。

目に涙を溜《た》め、身体の昂《たかぶ》りに集中し始めている。

口からは涎《よだれ》が垂れ、だらしなく舌を伸ばしてしまう瞬間も出てきた。

『ゆ、ユーリ、お前な』

『やっ、見ないで、パパ、こんな！　んっ、あんな奴に、無理矢理に、されてるところ
……んんっ！』

実の父親に見られながら性的な快感を覚えさせられる屈辱、羞恥。

『あんっ、あん！　やっ、あん！　もっ、ダメ……！　気持ちいい……！　ごめ、なさ、
パパ、耐えられな……あっ！　ダメ！』

そして、とうとう彼女に限界が訪れる。

『だめ、ダメ、だめ！　気持ちいいのっ、あっ！　パパ、私……あっ！　イく！　イくの、
あっ、気持ちよくなって、だめ、なのに……！　あっ!!　イッ……クぅぅ！」

女盗賊ユーリは陸にあげられた魚のように身体を反らせ、絶頂する。

両手は前側で拘束されたままの姿だからな。

強制的で、無様な絶頂を味わう女盗賊。

『んっ、ぁあっ、あっ……あっ!!』

ビクビクと全身を快感に震わせるユーリ。

――その時、魔法の杖が光り始めた。

ユーリが条件を満たした事で【即死魔法】が発動する！

『なっ、何……よぉ！』

絶頂の余韻で身体を小刻みに震わせるユーリから光が迸《ほとばし》り、そして杖の周りをその光が取り巻いた。

『あっ……』

女盗賊ユーリはそこで気を失ったようだ。

杖に何らかのエネルギーを吸い取られて力尽きた？

『おいおい！　何なんだ、こいつは何なんだよッ！』

そして杖を取り巻く光がユーライへ向けて放たれる！

その瞬間、【即死魔法の杖】は砕け散った!?

『ぐべっ！』

光はユーライを吹き飛ばし、彼に身に着けさせていた【即死耐性の鎧】を粉砕する。

「おお!?」

杖も鎧も砕けた。相討ちなのか?

【目的指定】の条件を満たした事で盗賊親子が異世界へと帰還してきた。

「がはっ！　がっ……がぁ……！」

……死んでない。再現した【即死魔法】を喰《く》らってユーライは生きていた。

じゃあユーリは？　俺は気絶している彼女に近付き、脈を確かめる。

「こっちも生きているな」

即死魔法の使用リソースって気を失う程なのか。

絶頂の上に魔力？　を枯渇させ、ぐったりとしている黒髪の美女。

「【即死魔法】の再現は出来なかった、か」

再現の為のリソースが足りなかった、とか。

魔王が土地を枯らしているのって【即死魔法】のリソース確保の為だったりして。

「困ったもんだな」

「………………」

気を失っている女盗賊のお尻を勝手に触らせて貰いながら、そうひとりごちるのだった。

11話　亜人の村へ

「早く家に帰りたい……」

ウサギの亜人の小さな女の子ライラちゃんがそう嘆いた。目には涙が溜《た》まっている。

「ごめん、そうだよね」

10歳そこらの子供が誘拐された後で誘拐犯の家に延々と留まっている状況だ。

助けに来てくれた男はよく分からない事をしている。

でも逆らえない。頼るしかない。かなりのストレスに違いない。

正直に言えば俺はいくらでもスキルの検証をしていられるのだけど。

この子達は、そんなの知った事じゃないよな。

「ライラちゃん、ティナちゃん。この地図を見て欲しい」

俺は魔法の地図を彼女達に見せた。

「今居る場所が光る魔法の地図だ。現在地はここで……君達の家の近くは、おそらく、この辺りだと思う。合ってるかな？」

地図に示される情報を見ながら彼女達に真偽を確認してもらう。

「描かれている森とか町の配置を見て君達の家の近所っぽいところはある？」

「……あ……この辺り、知ってると思う」

「うん。この端っこ、海がある……」

「ん？」

言われてみると端の方が青いな。

海か。その近くに集落的な何かが描かれてもいる。

地図は集落へ続く道のりを示していた。子供達の家は海の近くの町なのかな？

「君達、ここに連れてこられて何日間ぐらい経《た》っているか分かる？」

「……分かんない」

「うん……」

「そっか」

もしも彼女達の救出に彼女達の親が来ている場合、すれ違いになる可能性がある。

その場合、盗賊達を生かしておくとこの子達の親が危険に曝《さら》されるな。

だから盗賊達は……俺が責任を持って始末しておかなければならない。

「よし。家に帰る準備をしよう。でも、ごめんね。ライラちゃん、ティナちゃん。俺、あんまり君達に関わっている事を他人に知られたくないんだ」

「……うん」

それでも今から他の当てを探すより、俺が彼女達を家へ送り届ける方が早くてリスクが低いだろう。

この異世界には頼れる人の当てもないし。

「善い人を探して頼って君達を任せる事が出来ない。だから俺が二人を君達の家まで送るつもり。そこがごめん」

「何が……？」

「何が、というか」

こう、勇者の実力的に？　スキルの威を借る狐《きつね》だもの。子供達の立場なら不安で仕方ない。

……俺の実力の不安を吐露して、誘拐された子を不安にさせるのもおかしいか。

名ばかり勇者でも子供二人ぐらいは守ってやらないと。

「……？」

小首を傾《かし》げる子供達二人。ケモ耳がキュートだが触らせて貰《もら》うのはやめておこう。

まず、ここからの移動手段だ。馬車を運転する技術は俺にはない。

街に行って手配をしたら目撃者を出してしまう。

でも徒歩だとどのぐらいの距離なのか。連れていくのは子供達だし。

魔物は【魔物避け】が機能するかもしれないが……。

「それと亜人狩りの犯人達か」

亜人の集落に着いたら盗賊達の情報を渡すのが今後の為《ため》だろう。

前から誘拐や奴隷化《どれいか》はあったようだし。

なら事情を知っている盗賊の誰かを引っ立てていかないとな。


子供達には旅に必要な物を持たせ、外に出て貰った。

【魔物避け】に疲れを癒す効果の靴。水や食べ物。更には常備薬まで。

着ている服は自前っぽかったので奪ったり別物に変えたりはしないが、上から羽織るローブを渡しておく。

靴は片方だけ脱げていたりしたからスキルで補填して、と。

【持ち物指定】では食べ物も生み出せるようだ。同行者が居れば旅の物資には困らないな。

このスキルをアリシアの前で使えればだが。

「――第6スキル【因果応報の呪い】」

アジト内の盗賊団の始末をつけていく。
全員に【因果応報の呪い】を掛け、そして……剣を振るった。
人殺しをシラフで行っても不自然な程に俺は動じない。
最後に盗賊団のボス・ユーライの心臓を一突きにして……。
「────！」
余分な作成アイテム類はこの場で処分し、王国に利用されないように消していく。
だから彼らの口は塞いだし、返り血対策の服も着せた上で殺していった。
断末魔は聞きたくない。流石《さすが》に趣味じゃないしな。
「ふぅ……」
死者達の魂は盗賊達が死んだ後もしばらく留まっていたが……やがて霧散していった。
手を合わせ、感謝とも何とも分からない祈りを捧げておく。
これからも色んな死者に力を貸して貰う事になるだろう。
ありがとうございました。成仏してください。
……今回で第４スキル【レベリング】に表示された技能は『殺人技能』だ。
人殺しも経験値になる。それが勇者の力だった。
「さぁ、行くよ。ライラちゃん、ティナちゃん」

俺は表で待たせていた子供達と合流する。

「……ん」

「……えっと」

すると二人は困ったような顔を俺に向けた。

「どうしたの？」

「その人も連れていくの……？」

「ふむ」

二人が引っ掛かったのは俺が連れている『彼女』のことらしい。

「むぐ……！　むぐぅ！」

——そう、彼女。

女盗賊ユーリ＝ゴーディーは口を塞がれているので喋《しゃべ》る事が出来ない状態だ。

「むぅぅ！」

「どうどう」

女盗賊も黒いローブを羽織っている。

だが、その下に着ているものはすべて指定済みの拘束衣。

下着も上着も何もかも俺が着せたもの。

拘束衣の形状は同じながら、ちょっと装飾はゴスロリっぽくしてみた。色は黒。何故《なぜ》かって？　趣味だよ。

「むぅぐぅ！」

鎖が長めの手錠を右手首に付けていて、俺の左手と手錠で繋《つな》がっている。

魔物とのバトルが起きたら女盗賊ユーリとのタッグ仕様だぜ。強制で。

「ちょっと俺に必要なんで彼女は連れていくつもりだ」

「そう、なの……？」

ユーリに怯《おび》えて身を寄せ合う子供達二人。

「君達に二度と手を出せないようにするから安心して。上手《うま》く行けば、君達の疲労を道中で肩代わりしてくれるかもだから」

「……？」

「かたがわり？」

小首を傾げられる。まぁそりゃな。

女盗賊ユーリに着せた拘束衣には『子供達の疲労の肩代わり効果』を付けておいた。効果がちゃんと出るかは分からないけど。

「……で、荷車かぁ」

盗賊団から接収した、俺が動かせそうな唯一の乗り物がこれだった。

ないよりはマシかなぁ、と。

「二人は荷車の上に乗ってくれる？」

クッションとかも出しておくか。

「あっ、そうだ」

彼女達の集落から盗まれた盗品リスト、とかもいけるかも。

子供達が座りやすいクッションと盗品リストを指定し、ユーリ相手にスキルを使う。

「むぅ!?」

「ほいっと」

転送・帰還によってユーリの傍《そば》にクッションが発生したのをキャッチ。

そしてレポートが出てきた。

「むぅ、ぐぅ！」

「ふむ」

特に目立ったものはないようだ。

「じゃあ行こうか」

「は、はい！」

「うん！」

ついでに確認したが、外に呪いを掛けて放置していた盗賊二人は死亡していた。

因果応報であれば殺すまでしても呪いは返ってこない、と。

それで死者の無念は晴れただろうか。

手を合わせておくとしよう。なんまんだぶ。

「ほら、一緒に運ぶぞ、ユーリ」

「むぅぐぅ！」

こうして俺は仲良く女盗賊と荷車を引き、亜人の村を目指して森の中へと進んでいくのだった。

「ふぅ、むぅ、ふぅ」

荷車を引きながら女盗賊ユーリでスキル検証をしておく。

【即死魔法】はリソース爆食いだったが普通の魔法の再現は出来た。

「うーん」

でも問題はある。俺が魔法を放つ武器を使えなかったのだ。

ユーリに『水魔法を放つ魔道具』を強制的に使わせたらいけたのに。

「むぅ」

「むぅぐぅ！」

同様に火魔法は放てなかったのだが、ライターとか燃料系で火を熾《おこ》すのは再現できた。

道具作成の成功基準が分からないな。

火魔法に至ってはユーリも使えなかったし。もちろん子供達もだ。

「ぐぅぅ！　ぐぅぅぅ！」

荷車を引く道中、女盗賊ユーリは俺を睨《にら》みつけ呻《うめ》き続けていた。

父親の仇《かたき》だから当然の反応だろう。

「んっ……！　んん、ふぅぅ……」

しかしユーリは汗をかき、頬を染め上げると俺から目線を逸《そ》らした。

「うんうん」

彼女に付けた装備効果が出ているな。

女盗賊ユーリを連れてきたのは、何故か人殺しに動じてない俺の倫理観を保つ為だ。

いわゆるイエスマンだけを傍に置きたくない心理というヤツ。

いや、対王女実験とか、性欲とかも色々あってですねぇ……。

はい。白状しておきます。

1に性欲、2に実験、3、4は適当、5に倫理観補強です。

俺は女盗賊ユーリにスキルでエロい事がしたい。ていうかしている。

「もう日が暮れるな……」

子供達に持たせている【魔物避け《まものよ》】の効果はあるらしい。

特に魔物に襲われる事もなく旅を続けられた。

でも魔道具のエネルギー切れ対策の為に【魔物避け】は再生産しておくか。

「野宿するの？」

「うん。ごめんね、すぐに村に帰れなくて」

「ううん……」

適当な所で荷車を停《と》めて野営の準備を始める。

【魔物と虫除《むしよ》けの防音機能付き・折り畳み式テント】を張り、子供達が寝る場所の確保。

「俺、キャンプってした事ないんだよなぁ」

野宿も初だ。冒険者は、野外で魔物に襲われる危険があるんだよな。厳しい職業だ。

「さて」

子供達を寝かせてからー。ユーリでお楽しみタイムだぜ。ぐへへ！

「このっ……クソ野郎！　絶対にあんたを赦さない！　赦《ゆる》さないわ!!　人殺し！」

女盗賊ユーリの口枷《くちかせ》をずらすと、すぐ罵倒が始まった。

「そうだな。俺はユーリの父親や仲間達の仇だ」

「死ねっ！　このクソ野郎！　この、変態！」

殺意を向けてくるユーリをじっと観察し続ける俺。

「くっ……ふぅ……はぁ、このクソ野郎っ……あっ」

ユーリに付けている装備は以下の物だ。


【装備指定】
◇憎悪と憤怒の淫欲転換のピアス
1、勇者に対して憎悪・憤怒の感情を抱くと、それが性欲の高まりに変換されていくピアス（挟むだけの物）。
2、装着場所はクリトリス。
3、勇者に殺意を抱く程に、装備者を性的に刺激する。
4、装備者の意思では取る事が出来ない。
5、勇者の命令で、効果を一時的に中断・開始する事が出来る。
6、ランクA

「ふぅ、ふぅ……！」

つまり怒りと憎悪が性的な刺激になって、ユーリに恥辱を与え続ける。

怒れば怒るほど気持ち良くなってしまう黒髪美人。

「気持ちいい？」

「この、くっ、はぁ!?　んっ！　ぁん……ふぅ、ふぅ……」

彼女には装備効果も伝えている。

つまり性的な刺激に対抗する術《すべ》は自己の精神コントロールしかない。

「あんたはっ……赦さないわっ！　くぅん！」

「そんなM字に開脚しながら殺意を向けられてもなぁ」

「ぐっ！」

拘束衣によって両腕を腹側に拘束され自由が利かないユーリ。

快楽を逃すには、やらしいポーズを取るしかないようだ。

「外しなさいよ、これ……！　変態野郎！」

悔しそうに涙目になりながら、快感と殺意に揺れる彼女。

ひくひくと両足が小刻みに震えている。

「外さないよ。拘束衣もね。俺を憎んで良いんだぞ」

「今すぐ私に殺されなさいよ、この変態！」

「嫌に決まってるだろ」

殺されたくないから。殺させたくないから彼らを殺したのだ。盗賊団の事情？　知るか。

「殺す、殺す、殺す！　はぁああ、あっ、あっ、やっ、ぁああっ!?　あっ……！」

ユーリは開脚した状態で、ビクンと腰を前に突き出し、背筋を仰《の》け反《ぞ》らせた。

スカートの前部分が湿り始める。

潮を噴いたのかな。洗濯はどうしようか。

「あっ、ふぅ……ふぅ……！」

「殺意オナニー、気持ちいい？　ユーリさん」

さらに挑発してみる。

「くぅぅ！　あんっ、やめ、やめなさい……よっ！　これ、止めなさい、よ！　こんな場所、こんな強く……んぁぅ！」

仰向けになり、涎《よだれ》を零《こぼ》しながら快感に踊らさせる女盗賊ユーリ。

「俺は何もしてないよ。ソレの刺激の止め方は教えたよね？」

「くぅぅ……、ふぅ、ふぅ……」

ユーリは目を瞑《つぶ》り、快感の余韻にだけ集中し、昂《たかぶ》りを抑えていく。

「で、気持ち良かったの？」

「気持ち良いワケないでしょ！　くふっ、やっ、あっ、だめ、イく、イクッ……！」

そうして怒った拍子にまたビクンと身体を反応させた。

口を開き、舌を突き出して絶頂を楽しむユーリ。

「あん、あんっ……くぅ……私は！　あんたを赦さないわっ！　絶対にパパの仇を取ってやる……！　くっふぅぅぅ!?　やぁ、待って！　ダメっ、イクッ！　イクぅん!!」

M字に開脚した状態で、更に腰を前方……俺の方に不本意に突き出すユーリ。

身体は快感から逃れられず、何度もビクンビクンと仰け反っている。

何度でも気持ち良くなれるみたいだ。

勇者に激しい殺意を抱く。

←激しい性的快感を得て絶頂してしまう。

←辱められた屈辱で更に勇者に殺意を抱く。

←

そして、また気持ち良くなってしまい、絶頂する。

……これで無限ループだ。

旅はまだ一日目なのでユーリも慣れが必要な時期なのだろう。

今夜は、目の前で繰り広げられる痴態を堪能しながら夜を明かすとしようか。

「はぁ、はぁ……あっ、はぁ……」

女盗賊が疲れて眠った後は夢の中での調教もしたいな。

「はぁ……はぁん……あっ、イク、イク、やめてぇえ……！　イクッ！」

「凄《すご》い殺意だね、ユーリさん」

煽《あお》って怒らせ、更に激しい刺激を与えていく。

「くぅぅ！　はぁん！　絶対、赦さないぃぃイックぅ……!!」

女盗賊は、何度も絶頂を繰り返した後、失神してしまうのだった。

そして翌朝。

「ライラちゃん、ティナちゃん、体調は大丈夫？」

「うん……大丈夫……」

「大丈夫！」

お？　キツネ亜人ティナちゃんの元気が出てきている。

よく眠れたのだろうか？　だとしたら良かった。

「今日も荷車に乗るの？」

「うん。俺とユーリさんが荷車を引いていくよ。ごめんね、馬車の爽快な旅じゃなくて」

「ううん。それは良いけど……」

昨日の出発は時間が遅かったが、今日は朝から出発だ。地図ではそれ程進んでない。

でも、この感じだと村に着くのは……明後日《あさって》の昼ぐらい？　そのぐらいの距離は進めただろう。

けっこう遠いな。盗賊団はその距離から子供を誘拐してきたのか？

早く会わせてあげたいと思う反面、親御さんとの遭遇が怖いな。

善人との戦いとなるとスキルの大半が死にスキルと化す勇者なんで。

「……ねぇ、もう口枷はやめてよ」

目覚めたユーリがそんな事を言ってきた。

昨夜よりも大人しい。賢者タイムか？

「あんたが口を開くと子供達が怯えるだろ？」

「……まだその子達には何もしてないわ、私」

「よく言えるな、それ」

それは流石にねぇよ。

「暴れないから……ねぇ話をしない？　どうせ私じゃアンタに勝てないんでしょ？」

勝てない事はないと思うが。

「私とヤりたいんじゃないの、アンタ。だから昨日みたいな事をするのよ」

「んー……」

まぁ、それはそう。せっかくの美女だし。

「ねぇ？　考えなよ。ううん。話し合わない？　こんな拘束した上でじゃ、あんたが気持ち良い事なんて出来ないでしょ？」

「言いたいことは分かるよ」

性欲がないなら昨日のようなことをしないもんな。

ただ、俺の目的はだ。


【装備指定】
◇ユーリの心の鍵（偽）の髪飾り
1、【王女の心の鍵】の仕様を擬似的に再現する効果。
2、ただし、現実に勇者のスキル・能力に変化・影響を与える事は出来ない。

3、ユーリが勇者を心で認める度に10個のロックを外し、その経緯・詳細を【ユーリの書】に報告する。
4、ランクS

……俺の目的は、女盗賊ユーリを対アリシア王女に対する実験台にする事だ。

ユーリは、父親を殺した俺に対して明確な殺意を持っている。

その彼女に対し、こうしてデータを取りつつ、心の鍵を開く事が出来たなら……アリシア王女攻略の役に立つって寸法だ。

更に俺は怖ろしい技能が【レベリング】に加わっている事も見つけていた。

その名は……『性的技能』レベル！

あるんかい！　と思わず口に出してしまった。

つまりアリシア王女という本命の前にレベル上げが俺には必要なのだ！

「ねぇ、サービス……してあげるわ。あなた、名前は？」

「シノだよ。でもサービスは昨日、十分に見せて貰ったから良いよ」

「くっ……この！　ふっ!?」

怒ったのかな。身体をビクンと震わせた後、必死に思考を他所《よそ》に逸らしている感じだ。

「じゃ、じゃあ、せめて、て、手の拘束は外しなさい……よ……」

「荷車を引く時はね。それ以外はダメ」

「き、昨日から……用を足していないわ！」

「そう」

ちなみに『魔物避けの隠し布』を作成したり、土を掘り返したりして簡易的なトイレを整えて、子供達や俺のトイレは済ませている。

今はユーリだけが我慢している状況だ。

「トイレの作成キットは、荷車に準備してあるけど」

「じゃ、じゃあ早くして！」

と、足をモジモジしている女盗賊。

割と限界が近そう。むしろ今までよく我慢できていたな。

トイレの許可は出しても良いのだが……。

「ねぇ、奴隷にされた亜人達って監禁とかされてたワケだよね？」

「そ、それが何よ？」

「監禁された人達ってトイレどうしてたの？　どうも人間扱いされてなかったように思うんだけど。人体実験に差し出されてたみたいだしさ」

「…………」

女盗賊ユーリは黙りこくった。

どころか俺から目を逸らす。いや、ここで黙るのはアウトだろ。

「誘拐された亜人達のトイレ問題はどうしてた？　毎回、優しくトイレに案内してあげた？」

「……っ！」

ユーリは尚も黙り、そして冷や汗を浮かべている。

「答えないなら、それはそれで考えはあるけど」

そこで俺の問いに別のところから助け船が入った。

「……私、トイレ……」

「ん？　ごめんね、ティナちゃん。勿論《もちろん》、キミが先だよ。仮設トイレ、設置するね」

と、女の子達の朝の事情を思いやったのだが。

「トイレ……檻《おり》の中でさせられた」

「……私も」

「なっ……だ、黙りなさいよ、ガキ共っ！」

「あー……」

やはりか。じゃあ、それも込みで因果応報という事で。

他の面子《メンツ》は死亡済みだしな。

盗賊団を代表して償ってもらおう。

「……トイレ、そこですればいい」

「うん。私達、見ててあげる」

「なっ！」

ちょっと女の子達の目付きが怖い！

仕方ない。部外者の俺と違って彼女達は被害者そのものだった。

立ち場が変わった以上、彼女達が満足するまで付き合ってあげなくちゃ。

掃除とかするの、俺になると思うけど。

おもらしの処理ならアリシア王女にもしてあげた経験あるからな！

「じゃあ、朝の排泄が終わったら……仲良く亜人の村まで、この子達を送り届けようか。

ユーリさん」

ニコっと微笑《ほほえ》む俺。女盗賊を荷車から睨みつける子供達。

「い……いやぁあああああ……！」

女盗賊の尊厳は、かつて尊厳を奪った女の子達の意志により、こうして奪われるのだった。

12話　子供達と一緒に復讐！

「うぅぅ……！」

女盗賊ユーリは足を擂《す》り合《あ》わせつつ、我慢の体勢に入った。

「どうしたの？　早くすればいいじゃない」

キツネ亜人のティナちゃんは怒っている。

ライラちゃんも冷たい目をユーリに向けていた。

おもらしは恥ずかしいからなぁ。

アリシア王女でさえ、おねしょを知られた事に顔を真っ赤にして震えていたぐらいだ。

股間をまさぐり、胸を揉《も》みしだき、絶頂の瞬間まで見られているような恋人関係になっても恥ずかしいものは恥ずかしいんだ。

ふむ。ユーリにとって排泄を見られる事は屈辱で、『見たいなら見ればいい』と開き直れない事なのか。

じゃあアレだな。排泄管理とかすると辛《つら》いワケだな。

「ねぇ、シノさん」

「ん？」

「シノさんはこの人をどうするの？」

「どう、とは」

「私達の村に連れていって、その後は？」

「その後は……まぁ」

色々と実験に使う予定だけど。

アリシア王女とは今、純愛中なので逆にユーリにはアブノーマルな事を色々と試していきたい。

元が悪党なので呪いによるやり過ぎ判定も喰《く》らいにくいし。

ヤる事を交換条件にこちらの懐柔策を練ってくる女だが、俺が欲しているのはユーリにとって不本意な精神的屈服と、その影響・結果の方だ。

「シノさんはこの人を赦《ゆる》すの？」

「赦すかどうかと言われると」

子供達の救出は既に叶《かな》ったワケだからな。

もう赦してあげても良いんじゃないかって事だろうか？　優しい子だな。

「私、この人の事を赦せない。もっと酷《ひど》い目に遭わせて欲しいと思う」

逆だった。ティナちゃんは、激おこだった。そりゃそうか。

友達を殺せ、殺されろと、抗《あらが》えない状況で追い詰められたワケだし。

「でも捕まえたのは……狩ったのはシノさんだから、それはシノさんの権利」

「ふむ？」

狩ったもん勝ちか？　どう見えてんだろ。狩りの獲物のようなもんだと？

別に女を手に入れる為《ため》に盗賊団を退治しに来たワケじゃないんだが。

「昨日みたいにあの人を虐《いじ》めるのがシノさんの目的なら私、手伝うよ」

「……昨日みたい、とは」

「昨日、私達がテントの中に入った後、そっちの人にえっちな事してた」

「うぐっ」

子供達にバレてた！

「昨日のは序の口というか、これからも恒常的にこの人の事は虐める予定なんだけど」

「じゃあ私、手伝う！」

わーい、女の子のお手伝いさんだ！

え、何を手伝うつもりなの？　虐めを？

それ、親御さんの教育方針と衝突しない？

「ぐっ！　ふ、ふざけんじゃないわよ、ガキッ！」

「貴方《あなた》に口を挟む権利なんてない！」

「『会話、禁止』」

「ぐっ!?」

拘束衣に付いている猿轡《さるぐつわ》がユーリの口を塞ぐ。

おお、機能しているな。

◇黒の拘束衣
1、ユーリ専用装備。紐《ひも》、鎖が多く付いたゴスロリ風な黒い拘束衣。
2、勇者が指定するあらゆる物事を対象に『禁止』『拘束』『制限』『解放』を装備者ユーリに強制する魔法の服。
3、指定に対し、物理的に拘束が叶わない場合、電気ショックを発生させ、ユーリの行動を直接的に縛る。
4、無理に脱ごうとすると電気ショックが発生し、装備者を失神させる。
5、ただし、直接的に命を奪う事は出来ない。

6、自動洗浄機能付き。『汚れ過ぎ』を検知し、装備者の魔力を用いて水魔法を発生させ、服と装備者の肉体の洗濯・洗浄を行う。
7、自動洗浄の発動・停止も勇者の任意で指定できる。
8、ランクS

ユーリには、これを着せている。今のユーリの装備は、

【ユーリの心の鍵（偽）の髪飾り】

【黒の拘束衣】

【嘘暴《うそあば》きの首輪】

【憎悪と憤怒の淫欲転換のピアス】

と。あとはただの手錠と扇情的な下着だ。特に効果はない。

「『両腕、拘束』『閉足、制限』『下半身の服、解放』」

「ふむぅぅぅ……！」

口を塞がれたユーリが閉じていた足を強制的に開くように、拘束衣の紐やベルト、鎖がしゅるしゅる、ジャラジャラと動いた。

その上、足をM字に開脚されたユーリのスカート部分の布が更に捲《めく》れあがる。

「わっ、すごーい！」

「すごい……」

「ふむぅぅぅ!!」

あっという間にユーリは、M字開脚でいやらしいデザインの下着を露出する体勢になった。

悔しそうな表情で俺を睨《にら》んでくるユーリ。

「シノさんが、アレをしているんだよね？」

「そうだよ」

けっこう面白いな、これ。

「ふぅぅううう!!」

「ユーリさん。下着は汚れるけど、その拘束衣は自動で綺麗になる効果付きだから、ぞんぶんにおもらしして良いよ。この子達と俺の前で」

「ふぅぅぅ!?」

ユーリは首を横に振り、イヤイヤする。

羞恥と屈辱で顔を赤く染めている。

「嫌なの？」

「ふぐ！」

ユーリが『当たり前でしょ！』と言わんばかりにキッと俺を睨んでくる。よしよし、反抗的だ。

「生意気！」

……今言ったのはティナちゃんである。

「私達には檻《おり》の中でさせたのに……」

「本当だよね！　シノさん、絶対に赦しちゃダメだよ！」

うん。子供達が元気になって何よりだ。助けた甲斐《かい》があるね。

「あー……。ユーリ。あんた、どうしても情けなくおもらしするのは嫌なんだ？」

「ふぐぅぅ!!」

「あっそ」

反省の色がないな。別に俺は被害者ではないが。

しかし子供達の期待には応えたいと思うのが人情である。

「ティナちゃん。一応……排泄管理とか出来るけど」

「……はいせつかんり？」

「んーとね。まぁ、ユーリがおしっこしたり、あと大きい方をしたりするのを管理できる。

つまり今、ユーリはおもらししたくないっていうんなら『俺が許可しなければ』おしっこも、うんちも出来ないように、お尻とかの穴を塞いじゃえるよ」

「ふぐ!?」

ユーリの目が驚愕《きょうがく》に見開いた。そして、だらだらと冷や汗をかき始める。

くくく……お前のすべては今、俺のものだぜ、女盗賊さん。

「あはは！　何それ！　でも面白そう！　そんな事できるの？」

「出来るよー」

王女に尿道責めした事もあるしな！

「じゃあ、それをしましょう！」

ティナちゃんは満面の笑みでそう応えてくれた。

よーし！　じゃあ追加装備だ。子供達の笑顔の為に頑張るぞ！


「えいっ！」

「ふぐ！　ふむぅ！」

バチッ、と。

荷車を引いているユーリの尻を、荷台に乗るティナちゃんが木の棒で叩《たた》き始めた。

体勢の関係上、尻を突き出してたようなもんだしな。

「ふぐ！　ふむぅぅぅ！」

キッとティナちゃんを睨み、振り返ったユーリの両腕が、一瞬で胸の下で交差した状態で拘束される。

「許可のない暴力は禁止だぞ、ユーリ。それをやると電気ショックが起きる。お前は失神するルールだ」

「ぐむぅぅ！　ぐむぅぅぅ、んっ!?　んっふぅ！」

怒り心頭のユーリだったが、途中でビクンと腰を振るわせた。

「おもらししたいの？」

「いや。今、ユーリの俺に対する殺意をエッチな刺激になるように変換しているから、そのせいでお股が気持ち良くなっちゃったんだろう。ほら、腰をビクビクさせてるでしょ」

「ぐむぅぅぅ……！」

ユーリは、足を摺り合わせてモジモジとしている。

彼女は今、クリトリスへの刺激とは別に尿道を塞ぐバイブと肛門を塞ぐバイブを付けた貞操帯を穿《は》いていた。

アリシア王女にしたように強制的におもらしさせる事も可能。

そして俺の許可なく排泄する事が彼女には出来なくなった。

彼女の悪行や殺した他の盗賊団員の事を考えればヌルい罰だろう、うんうん。

「そんな事も出来るんだ。凄いね、シノさん」

「条件付きなんだけどね。相手が彼女だから出来るだけ」

「ふぐぅ……？」

「そうなの？」

「そう。少なくとも、こんな虐めみたいな事はライラちゃんやティナちゃん相手には出来ないよ」

彼女達には悪行項目がないからな。

「出来ないというのは、しない、じゃなくて出来ないの？」

「……そう。あ、でもティナちゃん、ライラちゃん。これは他言無用ね？　お家や近所の人、友達にも言っちゃダメだよ。知っていると危険な目に遭う。盗賊団よりも恐ろしい人達が襲ってくるかもしれないから」

「……そうなの？」

「うん」

「ふーん……」

ユーリがまだ強く睨み付けてくる。彼女の口枷《くちかせ》を下げてあげた。

「はぁ……んっ、くっ……ふぅ……」

「殺してやる、とかは言わないのか？」

「……その手には……もう乗らないわ」

昨晩は殺意オナニーで恥ずかしい連続絶頂を曝《さら》してしまったしな。

「ユーリ。その拘束衣は脱げない。脱げないし、脱ごうとすればペナルティ。それでも俺よりも強い存在に頼り、脱がせて貰《もら》おうとした場合……お前には呪いが掛かるように設定されている」

最後の部分だけ嘘だけど。

「……くっ！　この変態！」

おうよ。変態だから色んな事をしてやるぜ！　ぐへへ。

「それでも完全にユーリの逃げ道が塞がれたワケじゃない。そこまで滅茶苦茶な機能を持たせるには、こっちにも条件が必要な力だから」

「……どういう意味よ」

ここがキモだな。

「父親や仲間に掛けた呪いを見ただろう？　あれは、彼らがかつて殺した者達の魂だ。彼らは一種の報いを受けた。その拘束衣も同様の理屈で成立している」

「………それで？」

ユーリは言われた事を咀嚼《そしゃく》する。

悪女だが頭の悪い女ではなさそうだからな。

「その拘束衣はユーリが今までしてきた悪行によって強く機能している。だが悪行というのは『有限』だ。ユーリがこれから先に悪行を重ねなければ、それ以上は積み重ならない」

首を傾《かし》げる女盗賊。

「そして今、積み重なっている悪行を清算する事も出来る。つまり、その拘束衣の力を弱める事が出来る」

「……どうやって？」

俺は、にやりと笑った。これがユーリとのゲームだ。

「俺に『やり過ぎさせる』ことだ。俺がユーリに対してやり過ぎれば、それは俺に呪いとなって跳ね返る」

「……やり過ぎさせ？」

因果応報の範疇《はんちゅう》を超えた罰はアウトなスキルだからな。

「例えば、ユーリが『一発、ティナちゃんを殴った』悪行が拘束衣の耐久度だ。それを『俺がユーリを殴る』事によって帳消しに出来る。そうしてユーリの今までの悪行が清算された上で、俺が『やり過ぎ』れば、拘束衣の呪いは俺に跳ね返り、ユーリは解放される」

「……まさか。私を改心させようっていうの?」

女盗賊は訝《いぶか》しげに俺を見てきた。

「違う。あくまで俺の能力上、そういう呪いが掛かっているだけだ。お前は内心で俺や他人をどう思おうが構わない。でも、その拘束衣を脱ぎたければ、ユーリはこれ以上の悪行を重ねてはならない。そして俺に嬲《なぶ》られなければいけない」

「……意味が分からない。仮に本当だったとして、なんでそんな事を私に話すの? 黙っていればいいじゃないの、そんな制限」

まぁ、そうかもしれないが。俺に必要なのは情報だからな。

「悪足掻《わるあが》きをして欲しいんだよ、ユーリ。それが俺に必要だから。そして、そういうルールだから『同意の上でヤらせてあげる』なんて懐柔策を持ってきても意味がないんだ。本当に俺に解放されたかったら『俺に屈辱的に犯されて』くれ」

「……っ、この変態!」

なにせ仮想アリシア王女だから。

そう簡単に折れたり媚《こ》びるだけになって貰っても困る。

希望を失くして心を死なせるのもまた違うだろうし。

ユーリにもゴール設定という希望が必要だ。

「えいっ！」

「痛っ！」

と、説明が長くなったところで、ティナちゃんがまたユーリの尻を叩いた。

「痛いわねっ！　何するのよ、さっきから！」

「シノさん。この人、全然おもらししようとしない！」

「誰がおもらしなんてするものですか！」

いや、させられるんだけど。まぁ、それはそれとして。

「ちょっと早いけど、昼休憩にするか」

「はーい！」

「うん……」

楽しいご飯の時間だよー、っと。

「ご飯ー……」

「ご飯だね！」

四人パーティーで仲良くご飯だ。

「ところで亜人達ってペットとかの習慣はあるの？」

「ペット？」

「うん」

こういう時はユーリをペット扱いするのが、やはり定番だよな。

……と思ったんだが、下手したら亜人の侮辱に繋《つな》がったりするかもしれないので一応聞いてみた。

「んー。飼っている家もあるよ？」

「うん」

「ほう。あるんだ」

と、そこで無遠慮にユーリを見る。

「……むぐ!?」

また口枷を付けられている彼女を、じーっと観察して。

「とりあえず四《よ》つん這《ば》いになって、ユーリ」

「むぐぅぅ！　んっっふぅ！」

あ、性懲りもなく怒ったせいでビクビクと感じてる。

「ふぅ……ふぅぅ……！」

「そんなに朝から何度も気持ち良くなって……変態だなぁ、ユーリさんは」

「ぐっ……ふぅぅん！」

「あはは！　変態！　へんたーい！」

と、将来有望なティナちゃんが笑ってくれる。

「ティナちゃん、ちなみに友達にこんな事しちゃダメだからね？」

「しないよ、シノさん。でも、この人は別。私もそうだし、ライラちゃんを怖がらせたり、させようとした事、された事を考えると赦せないだけ」

「そっか。ならいいんだ」

何がいいのか知らないが。

「ぐむぅう、んっふぅぅん！」

怒れば怒る程に、性的に気持ち良くなってしまうのでユーリも大変だ。

「四つん這いにならなきゃご飯あげないよ、ユーリさん。さっきのルール的にも……俺に罰を与えられなきゃ」

「ぐっ……！　ふぅ、ふぅ……」

女盗賊ユーリはルールを理解したのか、屈辱を感じている表情で四つん這いの姿勢になる。

「『両手の食事での使用、禁止』『二足歩行、制限』」

「ふぐっ!?」

「口枷を外してやるよ、それからユーリのご飯だ」

【持ち物指定】:『この世界仕様のペット皿』に入れたご飯をユーリに出してあげた。

ほら、たんとお食べ。

「あんた……これ！」

「ペット皿だよ。今日は、ティナちゃん達のペットだからね、ユーリ」

「ぐっ……この！　あんた、絶対に殺っ……んんッ！」

うんうん。四つん這いの体勢で気持ち良くなってビクビクしているのはエロいなぁ。

女盗賊ユーリは見た目だけならかなりの美人だし、肉付きも良いし。

「あはは。ペットだ！　ちゃんと躾《しつ》けよ、ライラちゃん！」

「う、うん！」

「くぅぅ、んっふぅ、あっ、ふぅ……」

ユーリが四つん這いの状態から腰をくねらせ、情けない声を上げる。

「何？　変態ね、お姉さん。そんな格好して、ペットの餌を食べて気持ち良くなってるの？　……亜人のこと、獣だなんだってバカにしていた報いだね！　あんたの方がよっぽどケダモノじゃない！」

「うん！　お父さんや皆のこともバカにしてた、この人！」

「ふぅ……ふぅ……」

ちなみに彼女の肛門にセットされている方のバイブには特殊効果もあって……。

これはティナちゃん達の食事がしっかり終わってからで良いかな。

というワケで皆仲良く食事を済ませる。お楽しみタイムと行こう。

「ここらでティナちゃん達ご要望のおもらし、していこっか、ユーリ。長引かせても何だし」

「誰がよ！　あっ、イッ……！」

最後の『あっ』の後、彼女は自分で自分を刺激し過ぎたのか、浅く果ててしまった様子だ。

「ふぅ……うぅ……」

「親の仇《かたき》の前で絶頂なんて悔しくないの？　ユーリさん？」

「……くっ！　ぐぅ、ふぅ……ふぅ」

ユーリは必死に俺から意識を逸《そ》らしている。

怒りと同時に刺激に耐える、この表情がとても良い。

「ユーリのお尻に入っているモノ。それも拘束衣と同じような機能があって……ユーリの水魔法を利用して水を生み出すんだよ」

「はぁ……？」

「水っていうか『セッケン水』を生み出す感じ。ユーリのお尻の中でね」

「なっ……!!」

つまり浣腸《かんちょう》機能である。

「もちろん、肛門は塞いだままだから漏れる事は……多分ない筈だよ」

「やっ、やめ……なさいよ……！　この変態っ！」

「やだね。『浣腸、一段階、開始』」

「んんんんっ……!!」

ビクン！　と大きく身体を反応させるユーリ。

生成されたセッケン水が彼女のお腹《なか》の中に入っていっているのだろう。

「ふぐっ！　やっ、これ、中にぃ……！」

紛れもない異物が普段出すだけの穴に逆流していく様子。

一応、人肌の温度というか、ぬるい温度の設定のセッケン水だ。

「あはは。凄い顔してる！」

「うんうん」

子供達は、もしかしたら汚いかもしれない、という事で、ちょっと離れた荷台の上の特等席で鑑賞中。

でも楽しそうで何よりだよな、うん。子供の笑顔が一番だと思わないか、ユーリ。

女盗賊は眉を八の字にして顔を曇らせ、必死に耐えていた。

元が綺麗な顔をしているので、耐える表情も中々に様になっている。

「はぁっ……んっ……はぁ……！」

そう経《た》たない内にユーリのお腹がキュルキュルと鳴り始めた。よし、攻勢に出るぞ。

「やっ、やっ……」

四つん這いになっているユーリのお腹を撫《な》でてみると、見事に強張《こわば》っている。

「やっ、触る……なぁ！」

「やだね」

俺は、好き勝手にユーリの太ももを撫でたり、乳房を捏《こ》ね回《まわ》したりしてみた。

ちなみにブラもスケベ仕様だが、拘束衣がしっかり着せられている時は見えない。

胸部を解放指示すると見学できる仕様だ。ぐへへ。

「や……めなさいよっ！　お腹、苦しっ……のよっ！」

「んー。どうなの？　道具の方も絶対ってワケじゃないから、その状態で漏らせない？」

「誰が……漏らすか……！　この変態……！　んんっ！」

「はいはい。『下半身の服、解放』」

「くうう、や、やめっ！」

四つん這いのユーリは貞操帯を付けた下腹部を剥《む》き出《だ》しにし、俺達に曝した。

「刺激は続けるよ。俺の方も直接ユーリを感じさせる必要があるからね」

生み出した装備による性的刺激ばかりでは、俺のレベルが上がらない。

なので直接ユーリを昂《たかぶ》らせていく。アリシア王女も大好きなクリ責めだ。

「ふぅうん！　やぁん、あっ、ふぅう、ぅううう……!!」

ユーリの顔が青ざめ、全身が震え始める。

……出して楽になりたいのだろう。しかし、プライドがそれを邪魔している。

しかし、盗賊団は誘拐した亜人達の尊厳を踏《ふ》み躙《にじ》り尽くしたのだ。

排泄だって平然と檻の中でさせたという。

させられたのは女の子達。トラウマもいいとこだ。

なので、これはまだ『因果応報の範疇』に入るだろう。

「……っうぅ……、くっうぅぅ、うううっ……!!」

ユーリは歯を食いしばって、頭を振り、耐える。でも……限界が訪れた。

「はぁ……はぁ……。お願い……もう、出させてよ……お願い……」

汗をだらだらと散らし、とうとう涙混じりに訴えてくる女盗賊。

「お願いよ、出させてぇ……！」

余裕を失くし、恥も外聞もなくなってきたようだ。

「何を出したいの？」

「は……っ!?」

そこは、ほら。ここまで追い詰めたんだから。

「何を出したいのか分からないから。細かく指定してくれないと、その拘束衣が妙な拘束をしちゃうかもしれないでしょ」

「くっ、くぅぅ……！　あんた、絶対に殺……！　あっ！　イッく……！」

殺意が高まり過ぎて、快感が促され、絶頂してしまったらしい。

「あぁ、はぁ……！　もう嫌……こんなの、何で私が……！」

「単に立場が逆転しただけだよ。俺にだって、誰にだって、そのリスクはある。悪い事をしてもいない亜人を誘拐して、尊厳を奪い、殺し合わせたりしてきたんだろ？」

追い込む為に更に容赦なく刺激していく。ユーリの肛門がヒクつき、止まらない。

「くぅぅぅううう……！」

「そんなに言葉にするのが嫌なら追加の浣腸してあげようか？　俺は言葉を呟《つぶや》くだけで済むからね」

「っ……！」

その言葉がダメ押しとなった。

「あぁぁああ、ダメぇ……！　もうダメ！　したいっ！　ウンチしたいの、お願い出させて！　ウンチ出させてぇええええ！」

女盗賊ユーリは、羞恥と屈辱を味わいながら絶叫した。

その心の底からの懇願をトリガーにして、ユーリの肛門と尿道を塞いでいたアイテムは消失する。

そして、ユーリの腸からの流れをせきとめていた蓋がなくなり、ついに決壊した。

「いやぁあああ！　いやあああああ！　見ないでぇえええええ！」

こうしてユーリのお尻の穴から汚液が噴き出した。

俺は大事を取って避難している。観客席にはビニール傘も完備だ。

水系のエンターテインメントショーはやっぱりビニール傘ですよね！

「フハハ！」

「いや、いやぁぁああ……！」

女盗賊ユーリも生まれてから味わった事もない屈辱だろう。ざまぁ！　ハハハハハ！

と、傍に置いてあった【ユーリの書】が光った。

「お？」

光っている【ユーリの書】を開き、そこに刻まれた文面を見る。

――【ユーリの心の鍵】その1を解放しました。

――解放条件、その1。『ユーリを一度、心の底から屈服させる』

「おお……！」

やはり、あの時、スキルが解放されたのは……アリシア王女が夢の中で一度、俺に屈服したからだった!?

13話　2つ目のヒント

「うっ……く……」

ユーリは四《よ》つん這《ば》いの姿勢のまま泣き始めた。人前での公開排泄が応えたのだろう。

「効果適用、と」

今回の件で分かった事がある。

水魔法を使うアイテムを俺が使っても何も起きなかったが、ユーリに使わせると上手《うま》く使えた。

この魔道具がユーリに使えて、俺には使えなかった理由は『リソース不足』ではないだろうか。

「今の俺には使えない装備品もユーリなら使える、と」

この世界の魔法は儀式によって修得しなければならない。

その儀式をするには準備も面倒くさく、費用も掛かるし、公的な場所にある施設を利用しなくてはいけないらしい。

そんな事情だから盗賊団でも魔法を修得していたのはユーリだけだったそうだ。ユーライからの親の愛は曲がりなりにもあったんだな。

で、儀式をしていない今の俺は魔法が使えない。

だから多分『MP』的なものが俺にはないんだと思う。

消費できる魔力というリソースがない為《ため》に魔道具を起動させられない。

転送術は『持ち物』『装備品』指定で道具を生成する。

その為か『装備者』を想定した効果が自動補完されてしまうらしい。

『装備者の魔力を消費して～』系のアイテムってヤツだ。

「いくつかの装備品が上手く使えない理由だな」

厄介なのが俺にとって魔力とは何であるのかが分からない事。

ここで悪戯《いたずら》に『魔力を大量に補充する装備』を作ってしまうと、後で『魔力とは過剰に体内に溜《た》め込《こ》むと致死の毒となるものである』と判明するなんて危険もある。

女魔術師の魔法の授業を受けてから新しい検証に移った方が良さそうだ。

「ふん。いい気味よ！」

「うん、うん！」

見た目いくら可哀想《かわいそう》でもこの場の目撃者にユーリに同情する者はいない。

二人なんて完全に被害者だし、もっと酷《ひど》い事をされかけたしな。

せっかく修得した水魔法がユーリには浣腸《かんちょう》と公開排泄に繫《つな》がっているのなんて悪い事はするもんじゃありませんね！

「こんな所でウンチまでおもらしするなんて……ケダモノ以下ね、変態のお姉さん！　ウンチはトイレでするってお父さんに教わらなかったの？」

「ううう……！」

ロリっ娘キツネ亜人のティナちゃんが、ゾクゾクするような言葉責めでユーリを更に泣かせている。

上半身はきっちり服を着ていながら、下半身だけ丸出しにして四つん這いで泣く美女。もっと虐《いじ》めたくなるな！

実は、この気持ちがアリシア王女が俺に抱いている気持ちなのか？

気が合うな、王女様。流石《さすが》俺の彼女である。だが絶対に負けん！

「ほら、ユーリ。お尻流してあげるよ。水かけるからね」

準備していた水の入ったバケツを持ち出す。

森の中だから、いずれ雨で流れていくだろうが身体は綺麗にしておかないとね！

「じ、自分でやるわよ……そんなの……！」

「『抵抗、禁止』『身動き、禁止』」

「なっ……!?」

途端に【黒の拘束衣】がユーリの両腕を前方に拘束し、ユーリの上半身はベチャっと地面に突っ伏す。

黒髪美人は、ちょうどお尻だけを俺に向けて突き出す姿勢になった。眼福、眼福。ぐへへ。

「行くよー。冷たいよー」

バケツの水をユーリの肛門付近にかけて洗い流してあげた。

「ううう……!」

頭を地面に擦《こす》り付《つ》けて、美女がすすり泣く。

「ティナちゃん達。向こうの小川でユーリを洗って身支度を整えてくるから。ちょっと出発は待っててね。あ、ユーリのウンチが臭かったら、そっちに砂を用意してあるから掛けておいて」

「はーい!」

「分かったー!」

素直に言うことを聞いてくれる子供達。

これで少しは彼女達の溜飲《りゅういん》も下がっただろうか。

親と再会する時にはトラウマも残らず、笑顔で再会できるといいな！


「ぐっ……！」

彼女の脇の下に手を通し、胸を鷲掴《わしづか》みにして揉《も》みしだきながら身体を支えて歩かせた。

ユーリはけっこう胸が大きいなぁ。

「変態……、変態……っ」

「変態じゃなきゃ、あんな事させないでしょ」

何を今更ですよ、お客さん。

「私にこんな事をして……こんな事をして……くぅぅ！」

ユーリがまた殺意オナニーを始めてしまう。

きっと今までは『パパが黙っていないわよ！』というのが彼女の反撃手段だったのだろう。

だが、それはもう一生叶《かな》わない。

胸を好きなように揉まれて怒って、その怒りが更に彼女を気持ち良くしてしまう。

それが今の女盗賊ユーリなのだ。

「ふぅ……ふぅ……！　こんなこと……！」

「まぁまぁ」

ユーリは怒りと快感、公開排泄の屈辱もあって顔が真っ赤になっている。

涙の跡も残っていた。というか現在も半泣きだ。

色々な感情がごちゃ混ぜといったところ。

小川のほとりに着くと俺はユーリの頭を抱えて抱き締めてみた。

「くっ……何よ……！」

どんなに強がっていても、ユーリはさっき俺に心の底から屈服してしまっている。

だから抵抗は弱めだった。

「とりあえず小川でお尻を流すよ」

「自分でやる……！」

「まぁまぁ」

【黒の拘束衣】はユーリの自由を赦《ゆる》さない。

俺は道具を使って水を掬《すく》い、ユーリのお尻を洗い流してから更にそれ用のタオルで無遠慮に彼女のお尻を拭いた。

「くっ……くぅぅぅ！」

お尻を拭かれるというのも屈辱なのだろう。

俺は美人のお尻を拭くのも割と楽しいけど。ぐへへ。

「さて、ユーリ。これで分かったと思うけど。俺から逃げたり、俺を不意打ちで殺したりしたら、ユーリはずっと排泄できなくて、お腹《なか》に排泄物を溜め込んで死ぬかもしれない」

俺はユーリの身体を後ろから抱き寄せて、そう囁《ささや》く。

「なっ……！　まだあんな事を続ける気なの、あんた……!?」

ユーリが驚愕《きょうがく》の表情を浮かべて俺を見上げる。

黒い綺麗な髪に、赤い瞳。赤い瞳が似合うとか異世界人だよな。

「当然だ。俺の目の届く所に居る内はユーリの排泄はこれからも俺がしっかり管理するよ」

ここで緊張感を和らげる為にニコッと笑ってみるテスト。

「な、何がしっかりよ、このド変態!!」

ただのサイコ系煽《あお》りになってしまった。ユーリは青ざめている。

穏やかそうに見える方がこういう場合ヤバい悪役っぽいよな。

いや、俺は悪役じゃなくて勇者の筈《はず》だが？

「事実だし、変える気もない。立場ははっきりさせておこうか、ユーリ」

「くっ……！」

「大丈夫。人間の排泄管理なんて、その内に飽きるよ、きっと。それまでの辛抱だ。今はユーリが俺に逆らえない事をしっかり自覚して欲しいだけ」

ユーリは納得しない。自らの排泄の自由が掛かっているからな。

人権を握られているようなもんだ。

「それともまた浣腸する？　今度は二、三日ぐらい出す事を禁止しようか。その後で街中に拘束放置してやる」

「ひっ！　や、いや……！　やめて……！」

おお。ユーリが切羽詰まった表情を浮かべている。

殺意や、打算ありきの表情とはまた違った印象だ。

浣腸と公開排泄は相当に嫌らしい。当たり前だが。

「分かった。しばらく浣腸だけはしないであげる。でも排泄は管理するから催す度にユーリから『お願い』してね。さっきみたいにウンチさせてって」

「くぅぅぅ……!!　うっ……！」

排泄管理は本当に人間としての尊厳の踏《ふ》み躙《にじ》りだ。

まぁ、ユーリってば亜人を拷問したり、他の女性を強姦させたりしてたみたいだから。

これも因果応報の範疇《はんちゅう》ということで。

「そう言えば、さっきのお礼が聞けてないな、ユーリ」

「お礼、ですって……？」

「ウンチさせてあげたでしょ？　そのお礼は？　まだだよな？」

「なっ……！」

ユーリはそこで絶句した。何言ってやがるってもんだ。

しかし、ここは引かない。最初に立場をしっかり叩《たた》き込《こ》んでおく。

王女と違って彼女は元々が悪党で人でなしだ。

生かして手元に置いた以上は責任を持って厳重な管理下に置かなければならない。

俺が管理できないのであれば、他人に迷惑を掛ける前に殺すべきだろう。

ユーリがこれから他人を傷つけたら、それは生かした俺の責任だからな。

「また浣腸して欲しいか？　拘束衣と水魔法で、街の中で永遠にお尻から水を垂れ流す置物にしてやる。しかもそれで性的に興奮するように仕込んでおいてな」

「ひっ……！　やっ、イヤ！　イヤよ！」

「そう。じゃあ、言うべきことを言って。敬語がいいな」

「くっ……うぅ……！　ふっ!?　あんっ！　やぁんっ！」

ユーリは俺の腕の中で震えた。身動きも取れず、また逆らう力もない。

俺への殺意が溢《あふ》れれば今みたいに陰核から気持ち良くなってしまう。

「……ウンチ……させてくれて……ありがとう、ございます。くっ……うぅ……」

「よく言えました。良い子良い子」

「くっ……」

俺は、また悔しくて泣き始めた年上のお姉さんの頭を優しく撫《な》でてあげた。

……完全にやべぇ犯人ムーブだ、俺。

帳尻合わせに人助けをして徳を積んでおきたい。

「ユーリ。俺はこれからも君に酷い事をする。ユーリが辛《つら》い事をする。でも、その後は優しくもする」

彼女を壊す事は目的じゃないからな。ストレスのかけ過ぎは注意。

どちらかと言えば懐柔が狙いだし。

そして王女へ向けた【レベリング】もさせて貰《もら》う。ひとまずは『性的技能』のレベル上げである。

……俺は、下着を穿《は》かせていないユーリの下半身へと指を這わせた。

「あ、んっ……！」

ピクンと身体を反応させるユーリ。排泄の際にも刺激したし、俺への殺意のせいで感度も高まっていたらしい。

不意を突かれたユーリは普通に可愛《かわい》らしい喘《あえ》ぎ声をあげてしまった。

「くっ……！」

キッと俺を睨みつけてくるが俺はお構いなしに彼女に触れる。

剥《む》き出《だ》しにされ、刺さないタイプのピアスを装着されたクリトリスを刺激していった。

「はっ、あう、う……んっ!!」

ユーリは身を捩《よじ》り、抵抗しようとする。

だがすぐに【黒の拘束衣】に絡め取られ、為《な》す術《すべ》もなく俺の愛撫を受け入れるしかない。

「はっ、んっ……！」

昂《たかぶ》った女の弱点を集中的に弄《いじ》られ、更に抵抗も妨げられて、ユーリは腰を揺らすしかなかった。

「あっ、くう、ん！　や、やっぱりヤりたいだけじゃない、この変態……！」

「そりゃヤれる女がそこに居たら」

ヤるでしょ。ヤるより弄《もてあそ》ぶのが目的だけど。

「ふっ……んんっ、くっ……！」

「うん。俺はこれから毎日、時間を見つけてはユーリを弄ぶ気だ」

「くっ！　この、このぉ……！　あっ」

王女とは違い、こころもち無遠慮に性器に指を挿れ込む。

「はぁん！　あ、ぁあ……！」

ユーリの反応が良いな。殺意や怒気の変換で淫欲が溜まっていたのかもしれない。

身体が弛緩していて俺に身を委ねてしまっている。

「あっ、はぁっ、はぁああん！　ぁあ、……んっ!!」

ユーリの気持ち良いところを探していかないとな。

効率良くユーリを絶頂させ続ければ、それだけ経験値の効率が良い筈。たぶん。

「あっ!!」

拘束された上半身を抱き抱え、指を入れやすいようにユーリの身体の向きを変え、中を刺激する。

その内に弱い所を擦ったのか、ユーリが一際良い反応を見せた。

抵抗さえしなければ足も自由に動かせるのか、刺激に合わせて両足や腰をいやらしくくねらせるユーリ。

「くっ……ふぅ、はぁ、あぅ、あっ！　はぁ、ううんっ！」

ユーリは目を細め、快感に抗《あらが》わんともしていた。

でも昂っていた彼女の身体はそれも赦さない。すぐに限界が来てしまう。

ひたすらにあそこの中を掻《か》き回《まわ》していけば……太ももを激しく強張《こわば》らせた。そして。

「あ、あ、あ、ぁあああ、イクぅッ!!」

顔を上に向け口を開き、俺の指を咥《くわ》え込《こ》むように締め付けながら、ユーリは潮を噴いた。

割れ目に入れた指の動きにも呼応し、小刻みに飛び散る。

心配ない。小川がすべて流してくれるだろう。服は洗浄機能付きだし。

「あぁ、あああ……、はぁん……ぁ、ああ……」

俺は再度、余韻に身を震わせるユーリを強く抱き締める。

自分の手で絶頂させた女の身体の反応をこうして堪能するのは好きだな。

「俺はこんな風に毎日、ユーリを弄ぶ。でもあれだ。痛い系拷問は好き好んでする気はない。基本的には性的に虐《いじ》める。アブノーマル寄りだけど」

「んっ……ふぅ……ふぅ……」

ユーリは耳まで赤く染め、快感の余韻に浸りながら俺の言葉を大人しく聞く。

心底鬼畜になるなら……片腕を切り落としてから、銃を仕込んだ義手を装備させるとか出来ちゃうかもしれないが。

それなら装備や持ち物の範疇で作成できそうだ。

「ユーリなら分かってくれるよな？　あんな小さな子供達を殺し合わせようとして悦に入ってたんだ。人格を持った命を支配して、弄ぶのは楽しい……だろ？　俺も楽しいと思うよ。ユーリみたいな年上の美人をこうして何もかも好きにするのは」

「くっ……うう、ふぅ……」

ユーリの顔が見えるように体勢を変えさせつつ、彼女の身体を片手で支え、もう片方の手で彼女の顎を持ちあげ、見つめ合った。

綺麗だなー、この女盗賊。これは団員にモテモテだったろうな。

「……私は」

「ん？」

「私は、あんたの性奴隷《せいどれい》……ってことでいいの……？　他に……何かをしたいワケじゃないってこと……？」

性奴隷、ね。まぁそうなるのか。拘束衣は脱がせない。

彼女の過去の悪行は見過ごせないだろう。

でも、その悪行を殊更に罰する義務は俺にはないと思っている。

ライラちゃんとティナちゃんの救出は間に合っているからな。

今は、アリシア王女攻略の為のヒント探しと【レベリング】の手伝いがユーリに求めている事だ。

ならば、ユーリにとってその関係は性奴隷となるだろう。

「そうだ。俺は、性奴隷としてユーリを飼う。排泄から性欲までユーリのすべてを管理する。グロい・痛い系拷問は今のところする気はない。ただ、たくさん虐めるつもりだけど、優しくしたり休憩もさせる。食事とかも与える。他に指示もするかもしれないけど、拒否権は……ないと思って貰う」

ユーリの管理が無理なら殺すべきだろうし。

どうしても俺の条件を飲むのが嫌なら……誇りある死を選んで貰おうか。

「……そう」

ユーリは俺の腕の中でみじろぎをし、上目遣いに俺を見上げる。ちょっと可愛い。

さっきまで大きい方をひり出していた名実ともにクソ女とは思えない。

「俺はユーリの身体の管理はするけど、ユーリの心はユーリのモノだ」

「……どの口が言うのよ……。パパの仇《かたき》だって怒ろうとしたら……あんたの都合の良いように……反応するようにされてるじゃない……」

心なしか反応が弱々しくて可愛く見えるな。

本性は違うんだろうけど今は心が弱ってるのかな。

「身体が感じまくってても怒る事まで禁止してないだろ？　殺してやると怒りながらイきまくればいい。ユーリは今まで他人を虐めながら興奮しなかったのか？　相手を殺しながらでも快感だと思うから惨《むご》い事をやってきたんだろ？」

「なんであんたがそんなの知って……」

サディストの破綻者で拷問も殺害もやってきた女だ。なので容赦は不要。

「別に俺は誰かの仇を討ちたいんじゃないんだ。ユーリの過去の悪行に付け込んで、ユーリを玩具《おもちゃ》にしたいだけ。悪党が更なる悪党に捕まっただけと思ってくれていい」

「悪党……」

「そう。でも仇討ちじゃないから苦痛を与える拷問まではせず、俺の趣味と実益を兼ねて、ひたすら性的にユーリを虐め抜きたい」

正直に今後の方針を伝えると、ユーリは応えた。

「…………分かった」

よし。

「じゃあ。俺にはユーリの過去の悪事が見えるんだ」

「過去の、悪事？」

「そう。だから過去にユーリが誰かにさせたように。『自分を貶《おとし》める台詞《せりふ》』で俺に隷属を誓って貰おうか。自分のした事を自分に返すんだ。俺の能力でユーリが過去にさせた事はお見通しだからな？」

　嘘吐《つ》いてたら分かるからねー、と。

「……っ、……、この、……。くっ……！」

　ユーリが言葉に詰まりつつ、表情を歪《ゆが》めて苦悩する。

　だが逆らう手はないようだ。

　やがて、かつて自らが誰かに言わせたであろう台詞でユーリ自身を貶め始めた。

「……い、卑しい雌豚《めすぶた》である……私……を、これから……ご、ご主人様の思うまま、か、可愛がってください……。わ、私は……ご主人様に……ら、乱暴に……犯されて……悦《よろこ》ぶ……変態女です、ので……。し、死ぬまで……ご主人様に……玩具にしていただき、虐め抜かれて……気持ちよくなりたい、変態、です、から……。くっ……くぅぅぅ……。ブ、ブヒ……ぅぅ……！」

　いや、そんな台詞を誰かに言わせてたんかい。ブヒ、って。

　悔しそうな顔してるけど、お前がそれを誰かに言わせた心当たりがあるから言ったんだよな？

しかも相手って何も悪いことしてない人だろ！

「はぁ……」

ちょっとゲンナリしつつも、まぁ上出来と看做《みな》そうか。

「きゃっ!?」

俺はユーリの体勢を無理矢理に変える。

そして、バチン！　と。剥き出しのユーリのお尻を叩《たた》いた。

「痛っ、……ぐぅぅ！」

「よく言えました。じゃあ、お尻を叩いてあげた時はどうする？　お前はかつて人にどうさせてきた？」

「くっ……くぅぅぅ……！　あ、ありがとう、ございます……ご主人様……」

これ、もう俺が細かい指示を出さなくても『過去に自分がさせた事をしろ』と脅すだけで、勝手に今後のユーリ調教プランが出来上がるんじゃないだろうか。

これも因果応報というヤツなのかなー。

「……ぅぅ、ぅぅ……ひっく……」

そして、また泣き始めるユーリ。

一応、慰めるように優しくその頭を抱きかかえて撫でてあげる。

「ん？」

すると、なんか【ユーリの書】が光り始めていた。

ユーリを抱えたまま傍《そば》にあった光る本を手に取る。


──【ユーリの心の鍵】その2を解放しました。

──解放条件、その２『ユーリが一度、対象と共存する未来を心の底から受け入れる』

「……早っ！」

早くも鍵のヒント2つ目ゲットだと。

ユーリは今、俺と共存する未来とやらを心の底から受け入れたの？

なら俺を殺してやる路線は諦めたのか？　いや『一度』だから一過性の感情か。

「これが解放条件って事は……」

今のところアリシア王女は『俺と共存する未来』とやらを受け入れた事は一度もないって事じゃないか！

俺と共存する気はない。それって、イコール俺の抹殺がゴールじゃないのか？

王女ォ……！

というか2つ目のヒント、あっさり手に入ったな。

意外とユーリってメンタル弱いのか？
アリシア王女だったら、なにくそと踏ん張ってきそうなんだよな。
ユーリは強面《こわもて》パパに溺愛されて育って、費用が掛かる魔法も修得させて貰って。
亜人という玩具まで与えられても責められたことはない……箱入り娘みたいな？
「何……、くっ、ですか……？」
こうしてユーリは少し俺への媚《こ》びが入った態度に変わったのだった。

14話　行方不明のルーシィちゃん

「えいっ、えいっ」

「ふぅう、ぅぅぅ……！」

パチン、パチン！　と小気味いい音を響かせながら俺達4人の旅は続く。

荷台に乗っているティナちゃんがお尻叩《しりたた》き専用の、ハエ叩きみたいな棒を持って楽しげにユーリの尻を叩いて音を響かせていた。

良い音はするけど、そこまで痛くはならない効果にしている。

ちなみに叩きやすいようにユーリのお尻は隠していない。

ユーリは、また喋《しゃべ》る事を禁止された状態で、肛門と尿道を塞ぐバイブの付いた貞操帯を穿《は》いていた。

普通の下着にも見えるようなデザインだけど露出は多め仕様の黒い下着だ。

「ふぅっ、ふぅ！」

「適度に休ませてはあげるからねー、ユーリ」

「ふぅぅ！　んっ！」

怒ってるな。しおらしくなったり、怒ったりとユーリも大変だ。

「あ、シノさん。村が近くなってきたと思います」

「見覚えがあったりする？」

「はい。そろそろ森は抜けられると思います」

ライラちゃんが地図だけでなく辺りの様子も窺《うかが》いながら教えてくれた。

「本当に魔物に襲われたりしなかったねー、ライラちゃん」

「そうだね、ティナちゃん」

「二人共、体調は大丈夫？」

「うん！」

「はーい！」

よしよし。元気なままで送り届けられるな。

「村か」

しかし、ここまで来たら俺は顔を出さない方が良いのでは？

どうなんだろ。情報収集も込みで、ある程度の事情を大人に話した方が良いか。

「ユーリ」

俺は、ユーリの口枷《くちかせ》を外した。

「ぷはっ……、はぁ……くっ……」

「少しは、気分を持ち直せたか？」

「……お陰様でね」

お、気が強い喋り方が復活した。媚《こ》びた台詞《せりふ》を常に言わせるのは違うもんな。

気の強さは失くさないで貰《もら》いたい。

ああいうのは、どちらかと言えば虐《いじ》めた後に本人の意思とは違う事を悔しそうに言って貰うのが醍醐《だいご》味《み》だろう。うん。

「あんた、私を亜人の村に連れて行く気？」

「そうだよ」

「……殺されるわ」

「殺されるか」

顔バレしてるのか？

「盗賊団の娘ってのがバレてるって事？　それと誘拐犯がゴーディー盗賊団って事も」

「そこまでは知らない。でも、このガキ共が言うでしょ」

「ガキですって！　この、ウンチおもらし女！」

「くっ……！　あんた！　さっきから人のお尻を遠慮なく叩いて……！」

「はーい、っと」

ユーリがティナちゃんに怒ろうとしたので、俺はユーリのお尻をバチン！　と手で勢いよく叩いた。

「痛っ……！　くっ！　えっ!?」

俺がユーリのお尻を叩くと、尻に入れてある道具が反応し……ごく少量の媚薬《びやく》を生成する、という設定にしてみた。

少量、といっても違和感が分かったのか、ユーリはお尻を押さえながらキッと俺を睨《にら》み付ける。

「し、しないって言ったじゃない……！」

「何を？」

「か、か、浣腸……」

「してないよ。今、お尻の中に流れたのは身体に吸収される媚薬だ」

「び、媚薬……ですって！」

詳細は不明だけど。本当に媚薬が作れるかも不明だし。ユーリにそこまで言わないけど。

ただの水を入れただけなのに媚薬と思い込んで気持ち良く感じ始めたりとかしたら、その時の屈辱と羞恥は凄《すご》いだろう。

お尻を叩かれる＝気持ち良い、と覚え込ませておこう。

ユーリはサディストなせいで他人を傷つけてきたのだ。

今後、もう他人を傷つけないように……彼女は虐められなければ感じられないマゾに開発しておこう。うんうん。

これも悪人を生かした俺の管理責任だもんな！

「村についてもまぁ、俺は大丈夫でしょ」

「あんたは大丈夫って、私は!?」

「そりゃ殺される時は殺されるんじゃない？」

「なっ!?」

貴重なサンプルを失って残念だとは思うけど。

だが、それは家族を失った人達の復讐よりも重要性が低いに違いない。

「あ、あんたは……わ、私を奴隷にするんでしょ……!?　じゃ、じゃあ守りなさいよ、私を……！」

「守る？」

はて。

今の俺って、凶悪犯罪者が単に美女だったからって、いやらしい事をしたいから連れてきている状態なのだが。

ユーリが罪のない人々を傷つけないように監視し、拘束する義務はあると思う。

だが、はたして彼女を守る義務はあるのか？

それも盗賊団の被害者は変わらず居る状態で、その被害者達の糾弾から。

はて……？　俺は首を傾《かし》げた。

「なっ……守ってよ！　じゃないと私、死んじゃうわ！」

「んー。いや、でも亜人達が本気で殺しに来たら俺じゃ勝てないだろうし」

守るもクソもそんな力は俺にはない。

【因果応報の呪い】によって善人を制圧するようなスキルの使い方は難しいからな。

すると【レベリング】で底上げした基礎と【完全カウンター】頼りの戦法になるが、それでは同行者を守るまでは無理だ。

「ふざけないで！　あんたはパパ達を皆殺しにしたじゃない！　パパより強いって事でしょ!?」

「いや、それは」

そりゃたしかにユーライを倒す事は出来たけどさ。

「ね、ねぇ……。守ってよ。私には、あんたしか頼れる人いなくなったのよ？」

んー。頼られてもなー。

「な、何でもするわ！　何でもするから、ちゃんと守ってよ」

「何でもすると言われても」

俺はユーリの顎を掴《つか》んで持ち上げる。

綺麗な顔立ちだ。不摂生な生活してただろうに美形なままとはこれ如何《いか》に。

「元からユーリは俺の言う事を何でも聞かなきゃいけない立場だろ？　その身体だって元から俺が好きにして良いと思っている。交換条件になってないと思うけど？」

排泄管理されて、性欲すらもコントロールされているという現実を忘れて貰っては困るな。

「くっ……！　で、でも……私……」

「うん」

「パ、パパや、あの盗賊団がなかったら。私の身体も何も意味がなかったら……。私、あんたに差し出せるものなんて、もう何もない……」

「うーん」

じゃあ、諦めて。……とは簡単に言えるんだよな。

切り捨てるだけなら簡単に出来る。

要はもっとユーリの活かし方があるんじゃないかという話か。

よくあるよな。魔王が使えなかった幹部をあっさりと切り捨てる話。

しかし切り捨て失敗して敵勢力、勇者に逆利用されるのだ、そういうのは。

人材起用の失敗例である。

……何故《なぜ》俺は魔王目線で考えているのか。勇者は俺だが？

「仮に他に頼れる者がいなかったとして。だからって父親殺しの俺に頼るのはどうなの？」

「パパは好きだったけど、でも今は居ないわ。それに」

「それに？」

ユーリは、そこで媚びた態度を俺に向けた。

「私、元から付き合うならパパより強い人が良いってずっと言ってきたの。ホントよ。あんたには本当だって分かるんでしょ？」

「ん」

【嘘暴《うそあば》きの首輪】は反応していないな。ユーリは嘘を吐《つ》いていない。

え。ユーリって父親殺しの俺を『パパよりずっと強ーい！』カテゴリーで見てたの？

それは弱肉強食の世界過ぎない？

「それにパパったら束縛が強い面もあったの。だから色々と不自由な時もあってね？　それから解放してくれたことには感謝もしているのよ？」

「明らかにパパ以上に俺の方がユーリを束縛しているんだが」

自分の格好を見直して貰いたい。

パパsage《サゲ》て勇者age《アゲ》るにも限度があるだろ。

どう見ても娘を溺愛してた父親より性奴隷《せいどれい》にしている俺の方がヤバい奴《やつ》である。

「くっ……で、でも。これも、あんたが私を……か、可愛《かわい》がってくれる為《ため》、なのよね……？　び、媚薬なんて使って」

「まぁ、それは」

こんな黒髪美人なのだから抱けるなら抱きたいし。

ユーリは一応、俺の性奴隷としての立場を認めて『共存する未来』とやらまで心の底から受け入れたんだよな。

一過性の気持ちではあるだろうが、それは限りなく本当に近い気持ちでもある筈《はず》、と。

となると俺にとって彼女は無価値ではない。

「そうだな……」

アリシア王女に説明している偽りの第3スキル【召喚者の加護】だが、このスキルの掘り下げにユーリを使うのはどうだろう？

『盗賊団を倒しに行った際、ユーリに触れたら何故かスキルが発動した』

と。ユーリのプロフィールはアリシアと被る所があるし。

『ユーリは謎の拘束衣を装備し、脱げなくなった。スキルの誤作動原因はアリシア王女と彼女の性質が似ていた為らしい』

つまり【召喚者の加護】でユーリに起こった事態は、アリシア王女にも起こりえる、と。

これならアリシア王女は【黒の拘束衣】が自分を束縛しないようにする為に調査へと乗り出すかもしれない。

そうすると、王女とユーリの共通目的となる【王女の心の鍵】についての詳細を監視されているとも知らず二人で話し出すかもしれない。

「あくまで立場は俺の奴隷で、更にちゃんと俺の駒として動くつもりがあるなら、ユーリを危険から守る……のは別に良いんだけど」

「じゃ、じゃあ守って！　私が殺されないようにして！」

ライラちゃんとティナちゃんを間に挟めば亜人達とは交渉できると思うし。

しかし、その後は？　亜人達の脅威が去れば、別にユーリにとって俺は必要ない。

上手《うま》くやれると思い込んでアリシア王女にぶつけてみたところ、ユーリが王女に取り込まれるというのもパターンだよなぁ。

だが現状、次の手としては……。うん。

「じゃあ、ユーリ」

「え、ええ」

俺は徐《おもむろ》にユーリの尻をバチンと叩いた。

「痛っ……！　くっ……な、何で……」

「お礼は？　ユーリも沢山、人を虐めてきたんなら俺がどう反応して欲しいか分かるよな」

虐める側の気持ちをよく理解できるマゾとして目覚めて貰いたい。

「くっ……。あ、ありがとうございます……」

心なしかユーリの頬が赤らみ始めている。

尻叩きによって発生している媚薬の効果が出ている？

それとも調教の影響が出始めているのか。

「お尻を叩かれてありがとうだなんて本当に変態ね！」

「うんうん！」

と、ロリっ子達からの言葉責めがセットされる。

「くぅ……」

「ユーリ。亜人達から守るのは良いが、その前にティナちゃんとライラちゃんに謝れ」

「はぁ!?」

いや、そんな驚かれても。

「謝っておくのと謝らないのでは話が違うだろ。傷つけた彼女達に謝りもせずに、ただ自分を守ってくださいは通らない」

流石《さすが》に虫が良すぎるのは良くないぞ。

「………分かったわよ」

「納得してません、っていう態度はダメだぞ。ちゃんと誠意を見せてな。二度と同じ事をしない誓いが欲しい」

そして俺はユーリの背後側に移動する。

俺は被害者側ではないので彼女に謝られる筋合いがないからな。

でもユーリの責任者となったのなら一緒に頭を下げるべきか？

それも子供達の怒りをモヤモヤとしたものに変えるか。

恩人が憎い奴を赦《ゆる》してやってくれと言ってるようなもんだしな。

結果はそうなるんだけど。

「ごめんなさい。……ライラ、と、ティナ。……二度と貴方達《あなたたち》に同じような事をしません」

そしてユーリは膝を突き、土下座で子供達に謝った。

おお……！　土下座は、異世界にもある文化なのか！

俺も必要があれば土下座しよう。土下座はすべてを解決する説。

「……えっと」

子供達は険しい顔をした後、困ったような顔で俺を見た。

どうしたらいいの？　って表情だ。

「赦さなくてもいいよ。実際、ティナちゃん達は酷《ひど》い事をされたんだしね。でも村に着いた時、彼女が謝りはした事を伝えて欲しい。そして盗賊団を倒した俺が責任を持って彼女を監視し、拘束しているとも。まぁこれは俺の方からも言うけど」

「そう……」

「うん。分かった。シノさんが言うなら……」

「よし」

とりあえず、これくらいで。

そろそろ亜人の村へ進むとするか。

◇
◆
◇

俺達一行は荷車を押しながら森を抜け、街道に出る。

潮の匂いがした。海が近いのだろう。

「ああ、村よ。ライラちゃん、私達の村……！」

「うん、うん……！　帰ってこれた！　帰ってこれたんだね、私達……！」

誘拐されていた子供達の無事な帰郷。

いつか日本に帰れた時は俺も同じような気持ちになれるかな。

「じゃあ、ちょっとスピードを上げようか。ユーリ、口枷も取ってるんだから、全力だよ」

「……分かったわよ」

俺とユーリは子供達を乗せた荷車を思い切り引いて駆け出した。

おお。あれが亜人の村！　関係ないけど、なんか俺も感動だ！

「皆ぁ……！　お父さん、お母さん……！」

「帰ってきたよぉ!!」

入口付近で荷車を停《と》めて子供達が降りられるように配慮する。

すると2人は飛び降りて村の中へと駆けていった。

村に来る前から大きな声を上げていたからか、村人も何人か出てきていて……。

「ティナ！　あああ！　ティナ！」

「お母さん！」

ああ、良かった。ちゃんと子供達が無事に家族と再会できたな。

最低限の責任はこれで果たせただろう。

彼女達の帰郷は勇者の初仕事としては申し分ない報酬だ。

子供達が再会を喜ぶ光景を少し離れた場所で俺と手錠を外したユーリは見ている。

しばらく待っていると俺達のところに人がやってきた。

「………」

「貴方達は？」

「俺達はティナちゃん達を連れてきました。連れてきた事情について村の人に伝えたいんですが」

意外と穏便な対応で歓迎される。

誘拐犯と間違えられる可能性も懸念していたのでホッと一息だな。

ユーリは気が気ではないのか俺に擦り寄ってきている。俺の腕を取って密着状態だ。

彼女からすると村人なんて俺にとっては屁《へ》でもない存在だとか思っているのか？

この人達と敵対したら俺なんて袋叩きにされるだけだぞ、ユーリお姉さん。

「シノさん、こっちこっち！」

ティナちゃんが元気に手を振ってきた。

「じゃあ、行こうか。ユーリ」

「……守ってよ」

もちろん。出来ればね。


「子供達を連れてきてくれたそうで。本当にありがとうございます」

村長？　らしき人や、子供達の親から感謝される。

父親一団が捜しに出掛けているといった事はなく、普通に両親達は村で心配していたらしい。

「盗賊団に誘拐ですか」

「はい。冒険者ギルドに盗賊団退治の依頼があり、その盗賊団を倒しにアジトへ向かったところ、子供達の救出が叶《かな》ったのです。ティナちゃんもライラちゃんも無事にご両親に会えたようで何よりです」

　ユーリが心配するほど盗賊団バレで殺してやる！　とはならなそうな雰囲気だ。

「じゃあ、もしかしたら今まで居なくなった者達も盗賊団に？」

「まさか魔物に襲われたのではなく、か」

「……その事についてなんですが」

　俺がユーリを見るとビクッとユーリが震えた。

「彼女はその退治した盗賊団のボスの娘です」

「ちょっと！」

「何……」

　剣呑《けんのん》な視線がユーリに向くが俺は続けた。

「彼女に罪がないとは言いません。しかし実行犯は既に殺した十人の盗賊団員達です。アジトにはティナちゃん達以外の亜人は居ませんでしたが……他にも失踪事件はあったんでしょうか？　それらの確認の為にも彼女を連れてきたんです」

「そうですか……」

　話を聞いてみると、やはり誘拐事件だったというより魔物に食い殺された事件、という扱いが強かったらしい。

盗賊団の扱いが軽かった理由がここにあるかもしれない。

事件自体が知られていなかったのだ。

この世界には魔物という格好の犯人役が居る。

何でも魔物のせいと言い張れば失踪や殺人はそれで済むんだ。

「もしかしてルーシィちゃんも魔物に襲われたんじゃなくて……誘拐されて、どこかに売られて生きているのかねぇ」

「ルーシィちゃん？」

誰ですかね。俺は首を傾げた。

「はい。一年ぐらい前にね。いなくなってしまったティナちゃんとライラちゃんの友達だよ。歳はティナちゃんと同じ。……最近は魔王の復活やらで魔物も活性化していてね。襲われてしまったんだろうってねぇ。もう私達は諦めていたんだけど」

「あの子達の友達が失踪してたのか」

俺は話の流れを受けてユーリを見る。

「わ、私は知らないわ……！」

【嘘暴きの首輪】の反応はないな。ユーリが知らないなら、その子は誘拐じゃない？

「で、でも……」

「でも？」

「そっちの仕事は基本的に私は関わってなくて……つまり、」

「ユーリ。正直に話せよ？」

「わ、分かってるわよ……。だから、どういうのを捕まえて、どこに売るかとかは私と関係なくて……」

ユーリの悪行は拷問・私刑・殺害。更に同性への強姦の先導。

つまり誘拐という行為自体には関わらず、父親が誘拐してきた亜人達を玩具《おもちゃ》として与えられていただけの女。

だから誘拐されていたとしても、その『ルーシィちゃん』を知らない可能性があると。

「……ユーリ。子供を殺した事は？」

「あ、ありません……」

「そうか」

じゃあ少なくともルーシィちゃんを殺したのはユーリじゃないな。

セーフ！　……何がだ？　ユーリがしてきた悪行は全然セーフじゃないぞ。

ユーリが殺してないから生きているとも言えないんだが。

「シノさん。ルーシィちゃんはね。魔国の近くから逃げてきた家の子でね。魔国の影響が残っているかもって、魔王が現れるのを予期したソフィア王女様が心配して来てくれて……沢山、お話してね。ソフィア様と仲良くなった女の子だったの。だからソフィア様が知ったら捜してくれるかもしれないって……でもソフィア様は、国から離れてて」

ソフィア第一王女か。亜人に優しい派閥の王女にして、アリシア王女の姉。

「ソフィア様は、やはりこの村のような亜人達に良くしてくれる王女様なんですか？」

気になるね。なにせアリシア王女の姉だし。どんな裏があるのやら。

「そうだねぇ。この国の人達、特に王家や貴族はあんまり亜人には良い顔をしないもんだけど、ソフィア様だけは違ったものだよ。だから私らもソフィア様なら頼りにしたいんだけどねぇ。といって相手は王女様で、この国に住む亜人は私達だけでもないしねぇ」

ソフィア王女はたしかに亜人達には慕われている、と。

だからといって異世界人が同じカテゴリとは限らないけどな。

アリシア王女から逃げてソフィア王女に泣きついたところで『異世界人は死ねですわ！』とか言われるオチもある。

「ユーリの処遇ですが、村に引き渡すというより然《しか》るべき場所で、然るべき人に会わせる予定です。王女様に会わせられるなら会わせます」

ソフィア様じゃなくてアリシア王女の方だけどね！

「そうかい。……私らも思うところはある。でも誘拐事件だったっていうのが、まず驚きの話でね。恨んでないワケじゃないいんだがね」

事故と思って諦めていたものを、こちらが犯人一味です、と差し出されても困るか。

子供達は帰ってきたのだし、そちらを喜ぶ気持ちの方が今は勝る、と。

「問題が残っているのなら警備の強化をと思うのですが。一応、彼女以外の盗賊団は既に死亡済みです。いなくなった人達がどれだけ居るのか知りませんが……」

そのルーシィちゃんという子の他にも居るんだろうか。

「この村では……そうだねぇ。思い返せば誘拐かもと思える者はそう多くない。それこそ一番疑えるのはルーシィちゃんで他の者は……。ただ、他所《よそ》でも似たような事が起きてたかもしれないねぇ。まさか、その盗賊団がウチの村からばかり人を攫《さら》ってたって言うんなら話は別だけどねぇ」

たしかに。毎回同じ村から人を誘拐ってのは考えにくい。

流石にそれは彼らを舐《な》め過ぎってものだろう。

「パ、パパは……そこまでバカじゃないと思うわ。一つの場所から毎回人攫いなんてしたらバレるに決まってるもの」

気付かれずにやるのが一番リスクが低い話だからな。

てことは、この村で誘拐された疑惑が残るのはルーシィちゃんとやらだけか。

15話　女盗賊ユーリとの夜

「心配した程じゃなかったな、ユーリ」

「そ、そうね……」

俺達は、亜人の村を明日にでも出発する予定として今日は一晩の宿を貸して貰《もら》った。

という事は、子供達の目がないので念願のお楽しみタイムである。

俺は、早速ユーリをベッドに連れ込んで、抱き締めた。

いつものように、後ろから抱き締める姿勢だ。

「ちょ、ちょっと……」

「空いた時間は性的に虐《いじ》めるって言ってただろう。ほら、自分で足を開いて、ユーリ」

「くっ……！」

ユーリに抵抗はさせないようにしつつも足を開かせた。

「トイレはまだ良い？」

「……だ、大丈夫、です……」

「そう？　我慢したら身体に毒だけど」

「貴方《あなた》が監視している中でするの……？」

「んー」

監視機能で見られるけど。ちゃんと見られてると分かった方が屈辱感はあるだろう。

「ケースバイケース」

「………変態」

「そうだね。それが今、ユーリを支配している男だ」

「し、支配って……」

俺は貞操帯の前部分を脱がせた。

便利装備なのでシュルシュルと縮んでいく。

消えてなくなったワケではなく腰にはベルトが残ったままだ。

「自分の手で開いてユーリ」

「ひ、開くって……くっ……」

ユーリはごねたって意味がない事を分かっているのだろう。

足を開いたまま、自分の指で……ゆっくり割れ目を左右に拡げていく。

彼女のその部分は、しっかりと濡れた様子だ。俺は徐《おもむろ》に割れ目に指を伸ばす。

「あっ！　い、いきなり指を入れないで……！」

「いきなりって。準備できてるようだけど？」

「くっ……！　そ、それは」

「何度かお尻に媚薬《びやく》を入れたけど、どんな感じ？　効いてる？」

と聞きながらも割れ目の中の刺激を始めた。

しっかりと出来上がっているようで刺激もしやすい。

「知らな……あっ、んっ、あっ、あっ、ふーっ、んっ、んぅ」

くちゅくちゅと音を立たせながら、手っ取り早く刺激していく。

その責めに喘《あえ》ぎ声をあげるユーリ。

「あっ、あっ、はぁ！　あっ、だめっ、あっ!?　はぁっ、はーっ、はーっ」

ぬちぬち、ぐちぐち、容赦なく刺激していった。

ユーリは顔を真っ赤に染め上げていく。

身体がビクビクとしているのも伝わってきた。

既に出来上がっているな。よしよし。

「んぃっ、あっ！　イッく……！　イクッ！」

タイミングを見計らい、既に探り当てていたユーリの弱い部分をぎゅっと刺激する。

ビクン！　と下半身全体を使って絶頂の反応を示すユーリ。

「ッ……！　うぅっ……！」

ぴゅっと、少量の液を飛ばしユーリは軽くイってみせた。

「『胸部、解放』」

「あっ……」

俺の言葉に【黒の拘束衣】の胸の部分が開き、ユーリのブラをあらわにした。

中々に大きい。俺はブラの上からユーリの胸を揉《も》み始める。

「んっ、んっ、んっ……、」

ひとまずはブラごしに乳首を擦《こす》りあげる。

「あっ！」

ブラは普通のブラだ。でも外しやすいように出来ていた。

これも自動補完部分だろうか？

俺に脱がされる為《ため》に出来ているブラを着ける黒髪美人。エロい。

というワケでブラを外し、ユーリの胸を解放する。

俺は、そのままユーリの胸を両手で鷲掴《わしづか》みにして揉みしだき始めた。

「んっ、あっ……、あっ！　んあっ!?」

既に硬く尖《とが》っている乳首をギュッと強めに摘《つま》みあげ、引っ張ると良い反応をしてくれる。

「あっ、あっ、あっ⁉」

ビクン！　と身体を震わせてユーリは口を開き、舌を突き出す。

彼女の目にはうっすらと涙が溜《た》まっていた。

思うまま、ユーリの胸を楽しんでいく。

胸を揉みながらも性器への指入れも再開した。

「んッ！　アッ、アッ、あひぃッ！　あっ、んっ！」

念入りに刺激して、ユーリの身体をまた跳ねさせる。

美人を気持ち良くさせるのって楽しいな！　ぐへへ。

「くぅう、ふっ、ふっぅう……」

「なかなかイきやすくなってるな、ユーリ」

「……ふぅ、ふぅ……誰の、せいで」

「俺だね。じゃあ、ベッドの上で四《よ》つん這《ば》いになって、お尻を突き出して」

「うう、……はい……」

ユーリは従順だ。共存する未来を受け入れた、か。

ちなみに彼女の肛門の方にはまだ特製のバイブが入ったまま。

俺は、突き出されたユーリのお尻をバチンと叩《たた》いた。

「っ！　な、なんで……！」

「お尻を叩くと媚薬が出るようにしてあるから」

「くぅっ……！　ほんと、変態……」

さて、では……ヤるか！

なんだかんだで異世界に来て、というか初めてセックスする事になる。

相手は女盗賊で犯罪者……だが、黒髪の美人でスタイルも良い。

オマケに媚薬を何度もお尻の中に入れられ、クリトリスにはピアスを付けている。

変態スタイルだ。これには俺も興奮を隠せない。

「挿《い》入れるぞ、ユーリ」

「……は、はい……」

両想いだとか、そういう関係性ではないのでバック。後背位で始める。

俺はユーリの秘所に自分のモノを宛がい……挿入した。

「んあっ！」

おお……。彼女の身体が跳ね上がる。痛みは感じてなさそうだ。

ユーリの腰を掴み、しっかり離れないようにする。

「あっ、あんっ！　あぅ、あん！」

しっかりと身体を密着させつつ、腰を打ち付けていく。

奥まで容赦なく打ち付けられるように念入りに。

「あっ、あっ……あっ！」

ユーリの片足を掴んで持ち上げた。腰は絶えず動かし、彼女の中を突き立てていく。

「イッ……いい……！　あっ、やっ、あっ!?　はぁっ！」

ユーリも感じているようだ。俺も気持ちがいい。これがセックスか。

まぁ陵辱なんだけど。純愛からは程遠い。

彼女は行為を始める前から、ずっといやらしく責められて昂《たかぶ》っていたので、俺よりも盛り上がっている節がある。

自ら腰をくねらせて快感を貪る黒髪美女。

おお……！　凄《すご》い……！

「んんっ、あっ、はぁ！　ああ！　やっ、あっ、あっ、ぁああ！」

「ユーリ、我慢するなよ。気持ち良くなれるだけなれっ」

「あっ……！　あっ、来るの、コレ、あっ、だめっ、あっ、私……！」

ユーリの興奮に合わせて俺はスパートをかける。

水音と肉の弾《はじ》ける音がペースを早めて混ざり合っていく……。

「うっ、うぅ、ふ！　っくぅ、……あっ！　あっ、っつぅ！　ぁあああ！　あぁ、ひぃっ！

あひっ、はぁっ、はぁあ、……ぁあ、あぁあああああーーーーっ！」

一際気持ち良さそうにユーリが身体を反らす瞬間。

俺もユーリの一番に深いところに挿入したまま、射精した。

「あっ！　ぁあああああ……イッくぅ！」

射精の熱を感じたせいだろうか。

ユーリは駄目押しで大きく身体を揺らし、絶頂して見せた。

「……あっ、はぁ……はぁ……あん……」

絶頂したユーリの上に覆い被さる。こうなると拘束衣はちょっと邪魔だな。

この拘束衣があるからこそ、ユーリがここまで従順に行為を受け入れるんだろうが。

「あっ……ぁあん！」

ん……。覆い被さったユーリが、またビクンと身体を反応させた。

媚薬が効いて身体が敏感になったままなのだろう。

絶頂の余韻に浸る中でどこかを擦り、また果ててしまったらしい。

「ふぅ……」

「あ、ふぅ、ふぅ……こんな、の、凄……、初めて……あっ、ん……」

ユーリは媚薬入りのセックスに満足している様子だ。

道具のアシスト付きとはいえ、初めてにしては上出来か。

あとは彼女をひたすら何度もイカせようかな？

出来れば『もうやめて』と懇願したくなる程にイカせ続けたいが、どこまでやれるかなっと。

「……む？」

また傍《そば》に置いてあった【ユーリの書】が光っていた。

このタイミング的に、やっぱり？

俺は光る本に手を伸ばし、ページをめくる。

――【ユーリの心の鍵】　その3を解放しました。

――解放条件、その３『ユーリが一度、対象と交わり、その快感を心の底から受け入れる』

……解放条件って王女が任意で決めたワケではないんだろうか？

他の条件もそうだが、王女がわざわざこんな内容を設定するとは思えない。

ユーリに対して行っているような鍵の外し方って、これやっぱり、正規ルートとは違う、裏ルートだよなぁ。

「し、シノ……さん」

「ん？」

ユーリが、心なしか恍惚《こうこつ》とした表情で声を上げた。

「あ、ありがとう……ございます」

「――――」

やば。ユーリが可愛《かわい》い。いやいや。

性奴隷にする気なのに、惚《ほ》れこむのはちょっと。

悪女だしな、彼女も。アリシアと比べても酷《ひど》いぐらい。

「うん。良い子だ、ユーリ。これからも離さないし、ずっと一緒だからな」

「い、一緒って……」

「ああ、それと。言い忘れてたんだけど」

まぁ、ユーリには言っておいて良いだろう。

「――俺、勇者だから」

「……え？」

まだまだ自慢するような実力は持っていないけど。

「勇者……、シノ、が？」

「そうだ。ユーリはこれから『勇者の女』ってこと」

「私、が……勇者の、女？」

「そうだ。そういう契約だからな。逃げられないと思っておくように。どこまでも連れていってやるから」

「勇者……どこまでも」

いやぁ。名ばかり勇者過ぎるんだけどな。

……人を殺して。何も傷つかず。

挙句の果てに性奴隷《せいどれい》を抱えて笑っている。

俺の倫理観っていつ、ここまでブッ壊れたんだろう。

なんだか俺は……『俺自身』に疑問すら持ち始めたのだった。

エピローグ　～3人目の悪女～

「メイリア様ー！」

「ふふ。ごきげんよう」

「きゃー！」

近くの街に出向いた際に『私』に向かって黄色い声が飛ぶ。

男性も女性もこの領地の民は、よく私の事を知っていて慕ってくれています。

私の名前は……メイリア。

ユーミシリア侯爵の娘、メイリア＝ユーミシリア。

この地での私は何と言えば良いのでしょう？

『偶像』のように、華やかな星のように、皆に好かれているのです。

ふふ。当然、私は自分の容姿が整っている事を自覚していますし、それに美しくある為《ため》の日々のケアも欠かしてはいません。

やはり見た目の美しさは人々の評価を大きく左右しますからね。

それから勿論《もちろん》、人当たりも大事です。

なんといっても私は貴族ですから。

「あのっ、メイリア様っ、この花を貰《もら》ってくださいませんか？」

「あら。嬉《うれ》しいですね」

一人の可憐《かれん》な女性が騒ぎの中、オープンな馬車に座る私に近付いて花束を掲げてくれました。

花束は青い花を束ねたもの。

ああ、私の髪の色と瞳の色をイメージしてくれているのでしょうか？

私の髪の毛も瞳も青色ですからね。

「ふふ。ほぅら」

「きゃっ!?」

私は花束をプレゼントしてくれた、その女性の手を引いて抱え上げ、そして馬車に引き入れました。

「花束なんて、とても嬉しいです。私の為に買ってきてくれたんですよね？」

「あ、は、はい……。その……メイリア様の、ふ、ファンなので」

「まぁ、なんて可愛《かわい》らしい。ふふ。とっても嬉しいわ。じゃあ、このまま……私とお話しましょう？」

「えっ、ええ!?」

驚きながらも嬉しそうな女性。ふふ。本当に可愛らしいわ。

「メイリア様、今日はどうされたんですか？」

「今日は買い物と……それから魔物の退治に来たのよ」

「えっ、魔物の？」

「ええ。この地に中々に手強いオークが発見されたとか。それを調査、できれば退治しに来たんですよ」

「で、でもそんな事、メイリア様がしなくても。冒険者達に任せた方が」

「あら」

私は女性に情熱的な視線を送り、見つめました。

「私の魔術の腕前。ご存じなのでしょう？」

「あ……は、はい。稀代《きだい》の天才女魔術師、メイリア＝ユーミシリア様、ですから」

「ふふ。本当に私の事が好きなんですね、あなた」

「は、はい！」

私にこういった憧れの目を向ける女性も多く居ます。

私自身もこうして人々からの人気を得る為に努力して活動してきましたからね。

「領民に害を為す魔物を、私も捨ておけませんから。冒険者達にだって手に負えないかもしれない相手には私が出ていく事もあるのですよ」

「そ、そうなんですね。は、はい。メイリア様ならきっと難なく倒されると思います。でも」

でもと女性は続けました。

「相手がオークなんて。気を付けてくださいね？　オークは女性の敵そのものなんですから。……その。メイリア様なんてオークでも真っ先に狙ってきそうな」

「ふふ。心配してくれてありがとう」

オークは男性の性欲の化身だ。

女を犯したいという負のエネルギー、瘴気《しょうき》が固まって魔物となったもの。

だからこそ。

そのオークの精には実は媚薬効果が含まれていたりする。

オークの素材を使えば、女を淫らにする媚薬《びやく》や、媚香《びこう》なんてものも特別に作れるんですよ。

それを使って何をするのですかって？　勿論それは。ふふ。

私は、その女性を家に連れ込みました。

そうして仲良くお茶をしてから。

「ん……はぁ。何、これ。なんだか変……」

「あら。どうしたの？　せっかく『お化粧』しているのに」

「あっ……！」

私は連れ込んだ女性に特製の媚薬を塗り、媚香を嗅がせました。

それだけで彼女はもう前後不覚になっている。

……ふふ。私ね。好きなんです。

女性が……堪《たま》らなくなって乱れる姿が。

「はぁ、はっ、……はっ」

「ふふ。そんな顔をして」

「あっ!?　ん、ちゅ……」

私はその女性にキスをしました。ふふ。もちろん私も女ですよ？

心も、身体も女です。

ですが、それでも女性を感じさせるのはこの上ない悦《よろこ》びを感じるんです。

特に強気な女性が責め立てられ、乱れる姿に興奮してしまいます。

いつか自分もそんな風に男性に強く責め立てられたら……なんて妄想まで挟むと、私もはしたく乱れてしまったり。

ふふ。まぁ私にそこまで強く迫ってくるような男性など、そうは居ませんけどね。

なにせ外向きに用意した私の顔は完璧な淑女ですから。

みな、私をお淑《しと》やかな女だと思っています。その方が人気が出ますからね。

本当の私は性欲求の強めな女なんですけど。

それに才能ある魔術師の私に勝てる男性など、そうは居ません。

私に勝る殿方であれば身体ぐらい委ねても良いんですけどね。

「あっ、はぁ……」

「ふふ。これからする事は私達だけの内緒話、ですよ？」

「あっ、ん、メイリア様ぁ……」

ひとしきり、その女性の痴態を楽しんだ後、彼女が果てる姿を堪能してから休ませ、それから家に帰してあげました。

「ふふ。この香も効果が高かったわ。ご来訪予定のアリシア王女様に使ってみたら……ふふ」

今日は目当てのオークを見つけられませんでしたが、また明日あの森に向かうとしましよう。

近々、私の家に来られる予定のアリシア王女。

彼女って気が強い女性だと聞いています。

だから、とっても楽しみです。

「キュー……」

「あら」

部屋にある籠の中のフェレットが鳴き声を上げました。

「お腹《なか》が空いてるの？　じゃあリンゴを剥《む》いてあげるわね」

「キュー」

この子はリンゴが大好きですからね。

リンゴしか食べないんですよ？

ちゃんと栄養管理はしているんですけどね。

「ね。好き嫌いなんてしていたらダメよ？」

「キュー……」

ふふ。可愛いらしい。本当に可愛らしいです。

このフェレットは私の『最高傑作』ですから。

「――ね？　ルーシィ」

私は籠の中のフェレットに向かって、その名を呼び掛けました。

嬉しくて思わず頬が緩みます。

だって。誰が見たってこの子は……獣にしか見えないんですから。

書き下ろしSS　～幼き日のユーリ～

小さな頃。私、ことユーリ＝ゴーディーには女友達が居た。
まぁ友達っていうか悪友っていうか。
その女の子の名前はアイラ。緑色の髪に緑色の瞳。
私と違ってお淑《しと》やか……なーんて事はなく、大概、私と大差ない悪ガキだったわ。
でも、それでもやっぱり幼かった私達には年相応のピュアな面ってヤツがあった。
私のパパは盗賊のボス。ママは庶民ね。娼婦上がりって聞いた事があるわ。
ちなみにアイラは孤児。でも奴隷《どれい》って待遇じゃないのはママの口利きね。
小さな私にムサい男共の相手ばかりさせるのが心苦しかったんだってさ。
だからアイラは私の悪友で、慰み？　の為《ため》に用意された同性・同年代の友達ってワケ。
「アイラ。あんたは『誰』が好き？」
「んー？　そりゃあんた……誰かなぁ」
私とアイラはひとつの絵本を広げて、部屋で寛《くつろ》いでいた。

盗賊のアジトのくせに絵本なんて、唯一まっとうなシロモノと言えたわね。

「私はねー、こいつ。『聖王アレクス』！」

私は絵本のあるページを指差して無邪気に笑う。

そこには巨大な剣を操って振るう『勇者』の姿が描かれていた。

「えー、そいつぅ？」

「絶対こいつよ。お嫁に行くならね」

「お嫁ねぇ。ユーリのくせに可愛らしいこと言ってるわね」

「いいじゃん。……どうせ私ら、将来まともな結婚なんて出来ないでしょ？」

「そうでしょーねー」

子供は子供なりに自分の未来を察していた。

流石《さすが》にねぇ。盗賊の頭《かしら》の娘なんて、お先が真っ暗って分かるじゃない？

パパの子分共の誰かに娶《めと》られて、それでそいつが次のボス。

私の役割なんてそんなとこ。アイラも大して変わんないと思うわ。

「なら夢ぐらい見ていいでしょ。勇者のお嫁さんなんて、なんか普通っぽくて、いい感じの夢じゃない？」

「ま、そうね」

普通の女の子とやらがどうなのか正直知らないけど。

憧れのお嫁さんになるなんてのが、如何《いか》にも普通の夢っぽくて、なんだか心が……こう、ふんわりした気持ちになったわね。

ま、まだ幼い頃だったからだけど。

「聖王ねー。ユーリの好み、こんな奴《やつ》なの？　如何にも王子様ぁって感じ」

「いいじゃん。デッカい剣とか振り回してて強そうだしさ」

その絵本は『歴代の勇者』達の勇姿を綴《つづ》った絵本だった。

私はその中でも『聖王』という二つ名を持った男性の勇者が格好いいと思ったわ。

金髪に青い目、白い鎧《よろい》で如何にも王子様風。

勇者らしく雄々しい姿で描かれていて、彼の象徴となる浮遊する巨大な『聖剣』が描かれている。

このデッカい剣を操ってオークだろうが何だろうが、ぶった斬るのが過去の勇者である『聖王アレクス』よ。

「なんかこう。見た目優男《やさおとこ》っぽいくせに、このぐらいワイルドな力を使うんだったらさー。私らの事も連れ去ってくれそうじゃない？　こう、白い馬とかに乗ってさ」

「えー？　ユーリって乙女ってヤツぅ？」

「なによ」

盗賊のボスの娘といっても贅沢な暮らしが出来ているワケじゃない。

どちらかと言えば窮屈極《きゅうくつきわ》まりない生活だ。

ママの配慮で可能な限り、パパと一緒に居る姿を普通の村人に見られないよう過ごしている。

ほら、盗賊団の娘だなんてバレたらヤバそうじゃない？

だから街とかに行く時は、もっぱらママやアイラと一緒で、その時ばかりはパパは近くに居ない。

……まぁ護衛のつもりなのか、陰で盗賊団員達がチラホラ居るのが見えるんだけど。

パパと居る時の生活は窮屈でストレスだ。

見た目からして怖いし、逆らったら殺される人も居る。

幼かろうと血生臭い事は何度か見てきたし、私らにロクな未来なんてないのは子供でも分かった。

かと言ってママに明るい未来への道を用意して貰《もら》えるか期待できるかというとそんな事はない。

ママだって満更でもない感じでパパと子供を作ったんだろうけど。

それはきっと現状よりマシとか。

そういう考えでパパのとこに転がり込んできたんだと思う。

私が運良く出来たから安全にパパのお嫁さん出来てるとかね。

それでも私を少しは真っ当に育てようとしているらしいママは、よくパパと口論になっていた。

うるさい両親の口喧嘩《くちげんか》に耳を塞ぐしかない私とアイラ。

ストレス溜《た》まるわよね。

これがある度に自分の未来がまーっくらだって突きつけられるの。

パパもママも本当は嫌いよ。

でも私は生きてく為に強い方に媚《こ》びて生きるの。

「……誰か連れ出してくれないかな」

「なんか言った？　ユーリ」

「……なんでもないわよ」

クソみたいな掃き溜めの生活。捕まえた亜人共を虐《いじ》めて、何とか自分を保つ。

絵本にあるような……『勇者様』が私をここから連れ去ってくれたらいいのに。

「なんて。言えた立場じゃないわよねぇ」

どうせ私にはパパの跡を継いだムサい男の女になるか。

ママみたいに娼婦に落ちるか。

或《ある》いは冒険者にでも襲われて盗賊の一味のただの１人として殺される未来しか待ってないんだ。

「あーあ。最悪……」

代わり映えのしない、腐った日常にズブズブと浸りながら……私は汚い大人に育っていった。

どこか心の底で、自分をここから連れ去ってくれる誰かを求めながら――

番外編　『行方不明の……』

「……ありす。どこに行ったんだよ」

俺の妹、篠原《しのはら》ありすが失踪した。

「シンタ。学校の友達にも、何か聞いてないの……？」

「母さん、ごめん。本当に何も……分からないんだ」

家で暗い顔をする両親。

俺は2人を元気付ける事しか出来なかった。

「誘拐……だったら身代金とかさ」

自分で口に出してバカみたいだと思う。

だって、この平和な日本でそんな事が現実的に起こるのか。

それも別に金持ちの家なんかじゃない、俺達の家族に。

「……ありす」

家出とか、そういう事なら早く帰ってきて欲しい。

もしも事件に巻き込まれているなら。
誰か男にでも襲われているって言うなら。
「その時はぶっ殺してやる」
……なんて。出来もしない事を口にした。
俺にそんな度胸なんてあるワケがない。
仮に怒りに任せて誰かを死なせたら……きっと嘆いて後悔するんだろう。
もしかしたら吐いてしまうかもしれない。
だけど、それでも。
家族に、妹に無事に家に帰ってきて欲しいと願った。
無力な自分がなんて憎たらしい……。
「ありす、どうか無事に帰ってきてくれ」
ただ、祈るしかない自分。
そんな自分が堪《たま》らなく惨めだった。

あとがき

はじめまして。この度は『反逆の勇者　～テンプレクソ異世界召喚と日本逆転送～』を手に取っていただきありがとうございます。作者の川崎悠です。

色々な方のお陰で2巻発売に至りました。本当に感謝です。

当小説はWEB小説が元となっております。

スタート時点でのタイトル名は「テンプレクソ異世界でざまぁ系、そっちが異世界に勝手に呼んだなら、逆に日本に送られる覚悟はあるんだろうな？」でした。何だこのタイトルは。

タイトルを変更したのは書籍化打診が来る、ほんの少し前。

大きな括りで『王国編』が終わった辺りです。ギリギリセーフでなんか良い感じのタイトルで書籍化に至りました。良かった！

この作品を書くに当たって作者は『行き当たりばったり』で書いており、キャラクターの思考に物語の進行を委ねています。

何の構想もなく始まったこの物語の始まりは、これまたとあるWEB小説でした。

その作品の中で召喚された勇者の1人がこう言われます。

「理由はなくても魔王を倒しに行くしかないんだ、お前達は。でなければ元の世界に帰れないからな」

……と。


はい。この台詞に対抗する為だけに当作品のタイトルは決められ、主人公・篠原シンタの能力は決まりました。

それは『勇者を召喚した者』や『帰れないから他に手はない、従えと見下す者』に召喚された側と同じ立場を与える力。

それがシンタの【異世界転送術】です。

能力が決まった後の使い方は主人公に委ねました。

この状況ならば、この能力ならば、どう考え、どう動くかをシンタに考えて動いて貰っています。

それ以外の大まかな流れはＪＲＰＧがベースです。

仲間を揃え、旅をし、ボスを倒し、各属性の神殿を巡り、クリスタｒ……精霊石を集める。

ＪＲＰＧをプレイしている感覚で物語は紡がれます。

まだまだ勇者の旅は序盤。シンタが魔王の元に辿り着く物語をどうかこれからも見守っていただけると嬉しいです。

ファンレター、作品のご感想をお待ちしています!

【宛先】
〒104-0041
東京都中央区新富 1-3-7　ヨドコウビル
株式会社マイクロマガジン社
GCN文庫編集部

川崎 悠先生 係
橘 由宇先生 係

【アンケートのお願い】

右の二次元バーコードまたは
URL (https://micromagazine.co.jp/me/) を
ご利用の上、本書に関するアンケートにご協力ください。
■スマートフォンにも対応しています (一部対応していない機種もあります)。
■サイトへのアクセス、登録・メール送信の際の通信費はご負担ください。

本書はWEBに掲載されていた物語を加筆修正し書籍化した作品を、改題のうえ文庫化したものです。
この物語はフィクションであり、実在の人物、団体、地名などとは一切関係ありません。

GCN文庫

反逆《はんぎゃく》の勇者《ゆうしゃ》
～テンプレクソ異世界召喚《いせかいしょうかん》と日本逆転送《にほんぎゃくてんそう》～ ②

2023年1月27日　初版発行

著者　川崎《かわさき》 悠《ゆう》
イラスト　橘《たちばな》 由《ゆ》宇《う》

発行人　子安喜美子

装丁　アフターグロウ
DTP／校閲　株式会社鷗来堂

印刷所　株式会社エデュプレス

発行　株式会社マイクロマガジン社
〒104-0041　東京都中央区新富1-3-7　ヨドコウビル
［販売部］TEL 03-3206-1641／FAX 03-3551-1208
［編集部］TEL 03-3551-9563／FAX 03-3551-9565
https://micromagazine.co.jp/

ISBN978-4-86716-291-0 C0193

©2023 Kawasaki Yuu　©MICRO MAGAZINE 2023　Printed in Japan

定価はカバーに表示してあります。
乱丁、落丁本の場合は送料弊社負担にてお取り替えいたしますので、
販売営業部宛にお送りください。
本書の無断複製は、著作権法上の例外を除き、禁じられています。